은하계 최후의 전쟁

은하계 최후의 전쟁

발행일	2020년 6월 19일		
지은이	정성규		
펴낸이	손형국		
펴낸곳	(주)북랩		
편집인	선일영	편집	강대건, 최예은, 최승헌, 김경무, 이예지
디자인	이현수, 한수희, 김민하, 김윤주, 허지혜	제작	박기성, 황동현, 구성우, 권태련
마케팅	김회란, 박진관, 장은별		
출판등록	2004. 12. 1(제2012-000051호)		
주소	서울특별시 금천구 가산디지털 1로 168, 우림라이온스밸리 B동 B113~114호, C동 B101호		
홈페이지	www.book.co.kr		
전화번호	(02)2026-5777	팩스	(02)2026-5747

ISBN	979-11-6539-279-6 03810 (종이책)	979-11-6539-280-2 05810 (전자책)

이 도서의 국립중앙도서관 출판예정도서목록(CIP)은 서지정보유통지원시스템 홈페이지(http://seoji.nl.go.kr)와
국가자료공동목록시스템(http://www.nl.go.kr/kolisnet)에서 이용하실 수 있습니다.
(CIP제어번호: CIP2020024910)

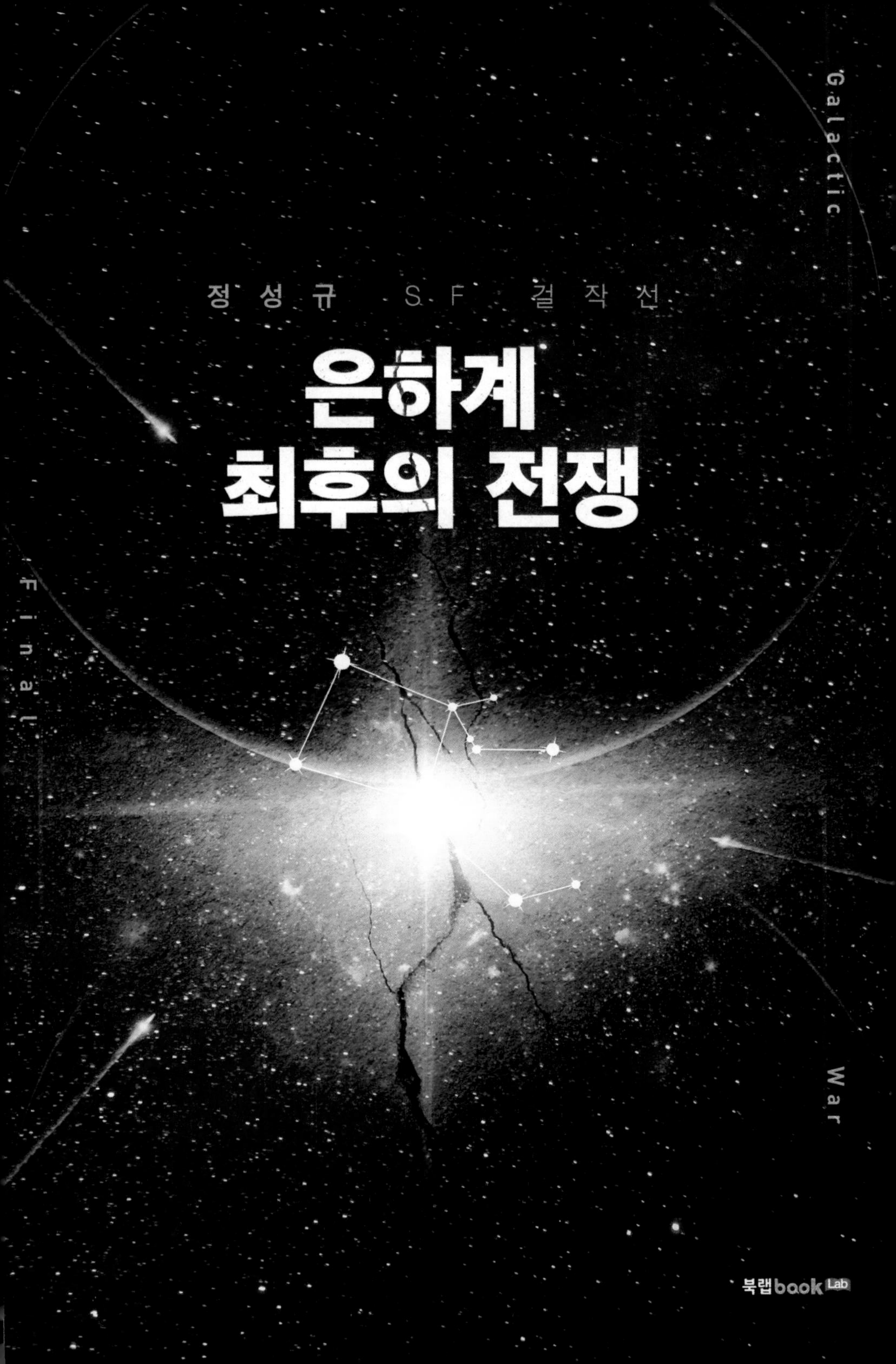

정성규 SF 걸작선
은하계 최후의 전쟁
Galactic
Final
War
북랩 book Lab

CONTENTS

우주의 평화를 위해 25,000년 전
페가수스 좌 동편에서 7일간 계속된 은하계 최후의 전쟁에서
생명을 바친 전사(戰士)들을 기억하기 위해
이 책을 쓰게 되었다.

은하계 최후의 전쟁

Galactic Final War

Chapter 1

전쟁의 시작

"사피아노 성자님!"

"예! 사령관 각하."

사피아노 천문관은 은하 휴머노이드 연맹군의 종군성자(從軍聖子)이며 우주의 기(氣)의 흐름과 섭리, 그리고 미래를 예지하는 능력을 갖춘 탁월한 초능력자로, 고향 행성인 알데바란 성(星)을 떠나 이번 전쟁에 천문관 (天文觀)으로 참전하게 되었다.

그는 은하계 우주력 37,603년인 현재 626세로 노쇠하여 기력이 쇠진하였으나, 두꺼운 입술을 보건대 굳은 의지를 지닌 듯했다. 또한 안광이 형형하여 인생의 심오한 깊이를 사유하는 성자로서의 품위와 절도가 있었다.

은하 휴머노이드 연합군의 총사령관 트로아 장군은 전투상황실 중앙에 놓인 가로 25m, 세로 15m의 대형 홀로그램 스크린에 시선을 고정한 채 어두운 표정으로 다시 입을 열었다.

"전쟁의 승패를 사피아노 성자께서는 어떻게 보십니까?"

대형 홀로그램 스크린에는 은하제국의 기함 데빌리스 1호가 거대한 위용을 보이면서 전진하고 있는 것이 4차원 홀로그램 영상으로 흘러나오고 있었다.

은하제국은 은하계의 지적 생명체 중 최우량 종족임을 자처하면서 우주 단일 인종화 정책을 추진하고, 온 은하계를 식민지로 만들기 위해 자신들의 태양계인 레토 행성계의 유전자 조작사업에 협조할 것을 46개 태양계에 일방적으로 요구했다. 그들은 자신들이 속한 수생 양서류 계통의 피셔로이드 우월주의에 근거하여 우주의 지배계급이 됨과 동시에 휴머노이드 종족은 장점을 퇴화시켜 우둔한 종족으로 변화시키고 노예화, 천민화하려는 극악무도한 「찬드라」 계획을 실행하고자 했다.

그들은 휴머노이드 노예화 사업의 제1 단계로 과학기술이 빈약하거나 자신들에게 대항할 군사력이 없는 태양계부터 잔인하게 복속시켰다. 그들은 행성궤도를 수십 회 회전하면서 인간의 유전자를 변형시킬 수 있는 광선을 발사하는 광자빔 로켓인 '데드캣'을 발사했다. 데드캣의 특이 광자(光子) 입자가 생명체의 피부를 꿰뚫고 침입하면 생체조직의 기본단계인 세포핵을 파괴하여 세포핵 이상분열을 유발하고, 기존의 DNA 염기서열을 교란해 유전자 정보를 1/2로 만든다. 또한 DNA 자체가 수만 년 전의 진화단계로 회귀하여 지적 능력이 급격히 저하된다. 그들의 행위는 상상을 초월하는 잔인한 정복사업이었던 것이다.

그러나 이 계획을 알아챈 휴머노이드 은하연맹의 미라크 혹성에서 급히 연맹 회의를 소집했다. 그리고 의장국인 미라크 공화국의 겜마 황제가 먼저 쉐다르 성(星)으로 향하고 있는 '데드캣' 광자빔 우주선을 파괴하기로 제안하고, 그 직후 긴급 군사명령을 하달하여 은하제국의 군사기지를 비밀리에 우회해 쉐다르 성(星) 궤도에서 벌어진 치열한 전투 끝에 극적으로 '데드캣'을 파괴하는데 성공한 것이다. 그리고 그때부터 은하제국 소속 행성계와 은하 휴머노이드 연맹 간의 처절한 싸움이 시작되었다.

잠시 말이 없던 사피아노 천문관은 나지막한 목소리로 입을 열었다.

"사령관 각하, 은하제국의 기함 데빌리스 1호는 수십 척의 우주항공모함과 수백 척의 우주순양함, 구축함 함대로 보호받고 있습니다. 또한 그들은 각종 우주미사일, 어뢰정, 15만 대에 달하는 우주전투기 레드스타를 보유하고 있으며, 특히 데빌리스 1호는 승선 인원만 320만 명이며 은하계의 끝까지 비행할 수 있는 우주 최고의 항공모함으로 알고 있습니다."

트로아 장군은 전쟁 상황 홀로그램 스크린을 보면서 담담하게 사피아노 천문관의 말을 이어갔다.

은색의 가운을 걸친 노(老) 성자는 천천히 전쟁 상황 스크린 앞에서 걸어왔다.

"그에 비해 우리 은하연맹의 기함 프린세스 1호는 건조된 지 150년이나 지나 상당히 노후한 상태이며, 탑재한 우주전투기도 2만 대 정도라 수적으로 열세이며, 전투기의 성능 또한 은하제국의 레드스타에 미치지 못합니다. 항공모함의 숫자도 제국군은 27척이나 연맹은 3척에 불과합니다. 우주순양함과 구축함, 고속 어뢰정이 조금 있기는 합니다마는…."

총사령관 트로아 장군은 함교에서 은하계의 별을 보면서 사피아노 천문관의 다음 말을 기다렸다.

"그렇지만 우리 연맹의 전사들은 '우주의 모든 창조물은 평등하며 자유와 정의가 소중한 가치'임을 확신하고 있으므로, 은하제국의 불의에 대항해 반드시 승리하고야 말겠다는 신념으로 사기가 높습니다."

트로아 장군은 다시 시선을 스크린으로 옮겼다. 은하제국의 기함 데빌리스 1호와 그 부속 함대들은 원형의 전투대형을 펼치면서 위용을 과시하고 있었고, 우주전투기 레드스타 수십 대가 순찰 비행을 하고 있는 모습도 간간히 보였다.

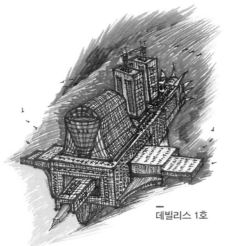

데빌리스 1호

제국의 기함 데빌리스 1호는 길이가 26㎞, 폭이 13㎞, 높이가 4.5㎞에 달하며, 승선 인원도 320만 명에 달한다. 우주가 창조된 이래 최강의 전함이라 해도 무방하였다.

피서로이드는 원래 호전적인 인종으로, 150년 전 은하제국의 맹주로

등장한 알골성의 고르곤 황제 치세 때부터 강력한 군사력을 배경으로 변방의 소규모 행성계와 산개성단 등을 공격하여 점령한 뒤 과중한 세금과 물자를 요구하면서 우주의 질서를 어지럽히고 있었다.

고르곤 황제의 폭압 정치와 정복사업에 은하계 내의 몇몇 태양계 행성이 저항했으나 무자비한 무력 앞에 파괴되었고, 이 광경을 목격한 다른 태양계는 생존을 위해 어쩔 수 없이 제국을 따를 수밖에 없었다. 그러나 미라크 혹성을 비롯해 휴머노이드 계통이 살고 있는 6개의 태양계 속 28개 행성에서는 고르곤 황제의 통치에 반발했다. 앞서 설명했듯이 그들의 잔인한 정복사업에 반대하고 급히 은하연맹군을 조직하여 대치했다. 그 결과 거대한 전쟁의 소용돌이에 휘말리게 된 것이다.

"사령관 각하!"

사령관의 수석부관이자 작전참모인 '나트'가 빠른 걸음으로 다가와서 나직이 불렀다.

"무슨 일인가? 나트"

"예, 보고드릴 것이…. 우주선이 현재 속도대로 나아가면 델타 우주시간으로 5시간 후에 은하제국의 함대와 전투가 가능한 거리에 접근하게 됩니다."

약간은 얼굴이 상기되고 긴장된 표정인 젊은 참모는 광자 입자로 된 메모지를 보면서 보고하였다. 보고가 끝나고 손을 내리는 순간, 광자 입자로 이루어진 보고서는 사라졌다.

"모든 함대의 속도는 현 순항속도를 유지한다. 동시에 A급 경계령을 하달한다. 적 함대의 척후선이나 탐사 로켓이 있을지 모르니 감시를 철저히 하라."

"알겠습니다."

"그리고 특수 정보부의 이키 소령에게 상황실로 즉시 올라오라고 통보하시오."

"알겠습니다, 사령관 각하. 이키 소령은 현재 고속공격함인 K-2-11호에 있습니다. 즉시 상황실로 오도록 조치하겠습니다."

저쪽에 있던 천문관 사피아노 성자가 은빛 가운을 끌면서 천천히 걸어왔다.

"트로아 장군님."

"예, 사피아노 성자님."

"이 늙은이가 조금 전까지 우주 창조의 주재신인 최초의 존재자에 대해 깊이 명상하고 그의 기운을 느끼려고 노력하였습니다. 아시다시피 우리 생명체는 150억 년 전 아주 작은 세포 조직에서 진화해 현재에 이르렀습니다. 저는 그 최초의 세포 1개로부터 모든 것이 시작되었다고 생각합니다. 그 첫 세포의 세포핵이 분열될 때의 고통과 진동이 지금도 모든 생명체에게 흐르고 있습니다."

트로아 장군은 오른손을 자신의 턱밑으로 가져가 턱을 받치면서 사피아노 천문관의 다음 말을 기다리고 있었다.

"수많은 생명의 고통과 비탄이 우주의 첫 세포가 분열할 때처럼 진동함을 느낍니다. 이것은 잘 아시다시피 이번 전쟁의 규모와 결과에 대한 두려움의 파동입니다"

트로아 장군은 동의하는 표정을 지어 보였다.

"그러나 스크린에 비치는 은하제국 함대의 위치는 우주의 전설에 나오는 별자리 중에서 페가수스 좌 동쪽의 페르세우스 성좌 부근이며, 이 성좌의 전설은 아득한 옛날 신화시대의 것입니다. 당시 페르세우스라는 용사가 있었습니다. 그의 임무는 신들의 저주받은 괴물 메두사를 죽이고 그 머리를 가져오는 것이었습니다. 그는 수많은 모험 끝에 메두사의 머리를 자르고 괴물을 처치하였습니다. 저기를 보십시오."

사피아노 천문관은 스크린을 가리켰다.

그곳에는 은하계의 주요 성좌를 볼 수 있는 입체적인 화상이 제공되고 있었다.

우주의 심연은 검게 보였으나, 수많은 별은 찬란히 빛나고 있었다.

"지금 은하제국의 함대는 페르세우스 전설에 나오는 메두사의 머리 부분인 알골 성(星)을 출발하여 미르파크 성(星) 쪽으로 오고 있으며, 우리 연맹의 함대는 용사 페르세우스가 든 칼의 손잡이 쪽에서 출발하여 6일 동안 우주를 비행했으며, 이제 5시간 후면 전쟁 지역으로 진입합니다."

사피아노 천문관은 말을 이어 나갔다.

"우주 최초의 생명체가 지극히 작은 단세포 하나에서 출발하였듯이, 우주의 모든 사건은 우연이 아닌 우주적 인과 관계에 놓여있습니다."

트로아 장군은 전쟁 스크린을 말없이 보고 있었다.

"우리가 떠나온 곳에서는 밝은 기운이 뻗어나고 있고, 은하제국 함대가 출발한 곳에서는 어둡고 음산한 기(氣)가 느껴집니다. 이것은 태초에 우주의 혼돈 속에서부터 광명(光明)과 흑암이 함께 존재하면서 소용돌이 치던 것과 같습니다."

이때, 트로아 장군의 참모인 '나트'가 두 사람 사이로 접근하면서 황급히 상황을 보고하였다.

"사령관 각하. 은하제국 고르곤 황제로부터의 영상 메시지입니다."

"수신하시오."

트로아 장군은 즉각 수신을 명령하였다. 사피아노 천문관과 트로아 장군은 함께 스크린을 주시했다. 전투상황실에 있던 200여 명의 연맹군 전사들도 각자의 전자계기판에서 잠시 손을 내리고 스크린을 응시했다. 프린세스 1호의 전투상황실 홀로그램 스크린이 순간 깜깜하게 변하였다.

스크린 화상의 왼쪽 끝 윗부분에서부터 붉은 별빛이 화상 중앙으로 이동하더니 번쩍 빛나면서 고르곤 황제의 상반신이 나타났다.

"은하연맹의 트로아 장군! 그대들의 용맹은 가상하나 전쟁의 결과는 뻔한 것이오. 연맹의 대표인 무능한 미라크 공국의 풋내기 황제 '겜마'를 위해 죽을 필요는 없소. 그대와 그대 부하들의 안전은 보장하겠소. 한 시간 내로 항복하고 기함인 프린세스 1호를 우리에게 넘겨주고 돌아가시오. 그러면 귀하를 휴머노이드 연맹의 총독으로 임명하겠소."

전투상황실에 있는 연맹의 전사들과 트로아 장군, 그리고 수행원 모두는 침묵을 지켰다.

숨 막히는 침묵이 4~5초간 계속되었다. 이것은 참으로 긴 시간이었다.

트로아 장군은 격한 감정을 참으면서 말했다.

"망나니 같은 소리 그만하시오. 그대야말로 미친 짓을 그만두고 우리에게 항복하고 전쟁에 동원한 레토와 미나미 태양계 주민들을 돌려보내시오."

"우리의 찬드라 계획을 중단하라고? 좋아, 마지막 대화도 이젠 끝이다. 너희에게는 죽음과 멸망이 있을 뿐이다."

영상이 사라졌다. 대신에 은하제국의 우주함대가 보였다.

은하연맹의 기함 프린세스 1호에 설치된 20개의 우주선 착륙장 중 전투 상황실과 제일 가까운 P-11 착륙 도크로 이키 소령의 '스페이스 이글' 전투기가 미끄러지듯 날렵하게 진입하여 아무런 소음도 없이 착륙하였다.

은하연맹의 주력 전투기인 '스페이스 이글' 전투기의 폭탄 적재능력과 전투 비행 반경은 은하제국의 레드스타에 뒤떨어지지만, 반물질 엔진을 사용하고 있으며 양자 빔 발사 장치를 부착하여 공격 능력이 매우 우수하다. 또한 우주공간에서 전투할 때 나비나 잠자리처럼 제자리에서 180° 회전을 하거나 정지 상태에서 순간 발진이 가능한 다재다능한 전투기였다.

이키 소령은 비행 헬멧을 벗어든 채로 이동 에스컬레이터에 몸을 의지하여 신속히 종합 상황실로 향했다.

상황실 입구의 DNA 확인 돔(Dome)을 지나자 2중으로 된 문이 자동으로 열렸고 다시 로비가 나타났다. 로비의 사방에 있는 수십 개의 인공지능 보안 검색 장치가 작동하면서 이상이 없음을 확인하자 저절로 전투상황실의 문이 열렸다.

"어서 오게, 이키 소령!"

트로아 장군은 긴장된 표정으로 반갑게 맞이하면서 전투상황실 한쪽에 위치한 보안실로 걸어갔다. 전투상황실은 양측 우주함대의 배치상태와 속도, 정보 분석 등으로 어수선했다. 프린세스 1호는 길이가 16㎞이고 함선의 최대 폭은 5.8㎞, 높이는 3.0㎞로, 비록 은하제국의 데빌리스 1호보다 조금 작지만 엄청난 규모를 자랑했다.

은하연맹의 기함 프린세스 1호

200만 명에 달하는 탑승 인원과 2만 대에 달하는 스페이스 이글 전투기, 기타 우주 전투에 사용하는 각종 미사일을 보유하고 있으므로 내부는 상당히 복잡했다. 때문에 전투 통제 업무 등까지 겹쳐서 전투상황실은 상당히 소란스러운 상태였다.

그러나 보안실은 완전한 무소음 지역이며, 그 안에서 나눈 대화 내용도 밖에선 알 수 없기 때문에 트로아 장군은 보안실로 그를 안내한 것이다.

"이키 소령."

"예, 사령관 각하."

"이번 우주 전쟁은 은하계 역사상 최대의 대전(大戰)이며, 은하계 모든 인류의 운명이 걸린 것이오."

"그렇습니다. 사령관 각하."

"때문에 이번 특수 임무는 기필코 완수해야 하며, 실패란 있을 수 없소."

"각하! 우리 대원들은 각 행성에서 선발되어 특수훈련을 받은 정예 요원입니다. 실패란 없습니다."

"고맙소. 시간이 없으니 즉시 정보부 사령관인 기갈 장군에게 최종 브리핑과 임무를 받고 출발하도록 하시오."

"예, 사령관 각하!"

트로아 장군은 왼쪽 팔을 올려서 팔등에다 대고 조용히 말했다.

"기갈 부사령관, 나 사령관 트로아요. 이키 소령과 특수파괴조 일행이 조금 전 도착하였소. 플래닛 'X-9' 작전을 즉시 실행하시오."

"알겠습니다, 각하."

트로아 장군은 컴퓨터로 자동 제어되는 전투복을 입고 있었기 때문에 별도의 통신수단이나 지휘체계가 필요하지 않았다. 컴퓨터 전투복은 통상의 날렵한 전투복 차림으로 보이지만, 수백 곳의 전투 지역을 동시에 통제하고 지휘할 수 있는 큐비트 회로에 의해 제어되는 양자 컴퓨터가 내장되어 있기 때문이다.

프린세스 1호의 함교 밑에 있는 특별 지령실. 연맹의 정보부 사령관 기갈 장군이 굳은 표정으로 앉아 있고 수행 장교 십여 명도 상기된 표정으로 도열하고 있다. 회의실에는 알 수 없는 긴장감이 감돌았고 어느 누구도 말하는 사람이 없었다.

"나는 특수지원단의 '트리거' 장군이오. 이곳 4차원 영상을 주목해 주십시오."

그는 천천히 팔을 올려서 오른손을 쥐었다. 그리고 4차원 영상 투사기를 양자 컴퓨터 발신음으로 작동시켰다. 경쾌한 저음의 금속성 음향과 함께 홀로그램 입체영상이 전개되었다.

금속성 섞인 여성의 목소리가 실내에 울려 퍼졌다.

"여러분이 보시는 것은 은하제국의 예상 비행경로입니다. 그들은 데빌리스 1호를 기함으로 하여 수십 척의 항공모함과 수백 척의 순양함과 구축함, 수송선, 그리고 블랙 몬스터 폭격기 사단과 17만여 대의 전투기로 거대한 집단을 형성한 채 이동하고 있습니다."

은하제국군의 엄청난 위용에 한순간 실내에 공포와 어둠의 그림자가 드리워졌다.

말을 하는 사람이 아무도 없었다.

"특수작전은 일종의 양동작전으로, 앞으로 약 5시간 뒤 우리 은하연맹의 주력 함대는 직접 교전이 가능한 전투 지역에 진입하게 됩니다. 여러분 'X-9' 작전 팀이 수행해야 할 임무는 다음과 같습니다. 30분 뒤 우리 은하연맹의 1급 비밀병기인 초공간 진입선 펄사 7호에 탑승하여 전투 지역 외곽에 있는 소행성 R-17에 착륙한 뒤 은하연맹과 은하제국의 전투가 개시되면 7시간 이내에, 정확히 말하면 우주시간 KST 17시 35분에 소행성 R-17을 폭파하는 것입니다."

설명은 계속되었다.

"7시간 이내인 이유는 다음과 같습니다. 우리 슈퍼컴퓨터의 분석에 의하면 미사일 화력전과 전투기의 공중전, 함선 간의 함포 사격 등 전쟁이 본격적으로 개시되고 7시간이 지나면 아군의 열세로 이어지고, 특별한 변화가 없다면 결국 아군이 전멸하게 된다는 결과가 나왔기 때문입니다.

이것은 수십 차례의 시뮬레이션을 통해 검증된, 바꿀 수 없는 예측입니다. 그러나 왜 정확히 우주시간 KS 17시 35분에 소행성 R-17을 폭파해야 하는지는 특급 기밀이므로 말할 수 없습니다."

모두가 퉁명스럽게 쳐다보고 있었다.

이키 소령은 고개를 천천히 숙였다. 고향 센타우리 행성에 두고 온 아내가 생각났다. 임신 8개월째인 아내에게 갑자기 미안하다는 생각이 들었다. 센타우리 행성을 떠날 때는 솔직히 미안하다는 생각보다 이별에 대한 아쉬움이 더 컸기 때문이다.

"때문에 여러분은 본 비밀 디스크를 통한 브리핑이 끝나면 즉시 펄사 7호에 탑승하여 작전 지역에 진입해주십시오. 세부적인 임무는 평소 훈련받는 대로 수행하면 됩니다. 반드시 델타 우주시간으로 KS 17시 35분에 임무를 완료해야만 전쟁의 승리를 보장할 수 있습니다."

실내에는 침묵만이 흘렀고, 숨소리조차 들리지 않았다.

"만약 작전에 성공하여 소행성 R-17을 폭파하게 되면, 적 함대의 70% 이상이 파괴되거나 소행성 파편에 맞아 기능이 저하되며, 나머지 30%는 우주 먼지와 소행성 파편으로 인해 전투력이 급격히 저하됩니다. 이때 우리 은하연맹은 총공격을 감행할 것이고, 그 결과 은하제국의 함대는 파괴될 것입니다."

앉아 있던 특수파괴조의 여성 전사인 '루이'가 일어나면서 물었다. 모두 루이를 주시했다.

"이번 작전이 성공할 확률은 어느 정도이지요?"

"성공할 확률은 3% 정도입니다."

4차원 영상 컴퓨터는 냉정하게 대답했다. 순간 이키 소령과 특수파괴조 대원 12명은 조금씩 몸을 뒤틀었다. 이런 바보짓을 왜 하느냐, 그리고 그런 미친 작전에 왜 우리가 희생되어야 하느냐는 복잡한 분위기였다.

파괴조의 리라 행성 출신 '레이'가 질문을 하였다.

"우주시간 KS 17시 35분에 소행성을 폭파해야 하는 이유는 무엇인가요?"

"그것은 지금 말할 수 없습니다. 그 이유는 여러분이 펄사 7호에 탑승하셔서 초공간 비행을 하시는 30분간 특수 그래픽 안경으로 설명할 예정입니다."

"젠장…."

레이는 자신도 모르게 두 손으로 앞의 의자 뒷부분을 쳤다. 나머지 특수파괴조의 전사들도 자신감이나 투쟁의지보다 공포와 좌절감을 느끼는지 어두운 표정이 역력했다.

이키 소령은 분대장 한스에게 눈짓을 했다.

한스는 떨떠름한 표정으로 일어서면서 냉정하게 지시하였다.

"모두, 출발이다."

정보부 사령관 기갈 장군은 그때 비로소 입을 열었다.

"귀관들의 성공을 빌겠소. 승리의 소식을 고향별에 보낼 수 있도록 최선을 다해주기 바라오."

그는 의미심장하게 말했지만, 특수파괴조의 이키 소령과 전사 12명의 표정은 굳어있었다. 그들은 아무런 말이 없었다.

전투상황실의 트로아 장군과 사피아노 성자는 초조하게 정보부 사령관 기갈을 기다리고 있었다. 이윽고 도착한 정보부 사령관 기갈은 총사령관 트로아 장군과 사피아노 성자 옆에 앉으면서 말했다.

"사령관 각하, 지금 특수파괴조의 이키 소령과 부대원 12인이 우주선 도크로 내려갔습니다."

"그럼 'X-9' 작전은 시작되었군요?"

"그렇습니다, 각하."

"그렇다면 셀-1호 바이오 생명체는 언제 작전을 개시합니까?"

"정보부의 보고에 의하면 이미 작전이 개시되었다 합니다."

사피아노 성자는 감았던 눈을 천천히 떴다. 세월의 연륜으로 인해 눈가에 주름은 많았지만, 가는 안구 사이로 비치는 눈빛은 존엄하였다.

그는 천천히 물었다.

"셀-1호의 바이오 부대는 누가 지휘합니까?"

"지휘관은 없습니다. 그는 200년 전 예언자 '무스'의 조언에 따라 비밀결사조직인 '조난'의 도움으로 극비리에 파견된 바이오 생명체입니다."

"'조난'에서 도움을 주었다고요?"

"그렇습니다. 암호명은 '플래시', 우주의 질서를 유지하기 위해 수천 년 동안 활동한 비밀결사조직 '조난'의 부탁으로 당시 최고의 생명공학자가 200년 전에 파견하였습니다."

"……"

사피아노 천문관은 조용히 경청하였다.

"당시 대 예언자 무스는 어느 날 초월명상을 하던 중 선행인지력을 발휘하여 델타 우주력으로 200년 후 알골성에서 독재자가 나와 은하계를 피로 물들이는 재난이 일어날 것을 보았습니다. 그는 고뇌하다가 은하계의 비밀결사조직인 '조난'의 원로 기사단과 텔레파시 교신을 통해 이 사실을 알렸습니다. 그 뒤 생명 재생프로그램을 거부하고 우주의 품으로 돌아갔습니다."

트로아 장군은 잠시 말을 쉬고 초공간 진입선인 펄사 7호에 탑승하고 있는 특수부대의 모습을 스크린으로 보았다. 최후의 출전이나 다름없는 전사들의 모습에서 느껴지는 비장함에 인간적인 고통을 느낀 듯, 트로아 장군의 얼굴은 창백하고 굳어졌다.

이런 복잡한 심정을 이해라도 하듯이 사피아노 천문관이 입을 열었다.

"그럼 이 사실을 사령관께서는 어떻게 아셨소?"

"저는 이번에 은하연맹의 총사령관으로 임명되고 전쟁 준비를 하던 중에 우주 비밀결사조직 '조난' 소속 흑기사의 방문을 받았으며, 텔레파시로 이 사실을 알았습니다. 잘 아시다시피 조난이라는 조직과 구성원은 은하계의 신화와 전설 속에 있으며, 실존하고 있으나 아무도 본 적이 없는 12차원의 영적인 존재들입니다. 저는 그들로부터 이 놀라운 사실을 전해 듣고 처음엔 믿지 못했습니다."

사피아노 천문관은 진지한 표정으로 말했다.

"그들은 현실 역사에 직접적으로 개입하지 않는 것으로 알고 있습니다."

"그렇습니다. 그러나 우주적 차원의 평화나 파괴적 재앙에는 대리인을 보내거나 사전 예고를 하는 등 간접적인 개입은 할 수 있다고 들었습니다. 물론 결과에 개입하거나 평가하지는 않는다고 하였습니다. 어차피 그들은 생명장(生命場)이 완전히 다른 12차원의 영적 존재들이라 우리 우주에서 물리적인 변화를 일으키나 하는 일은 불가능하기 때문입니다."

트로아 장군은 말을 이었다.

"흑기사의 설명에 의하면 뛰어난 생명공학자인 '가드' 박사에게 부탁하여 최첨단 생명공학 기술로 인간에 준하는 사고력과 지능을 가졌고, 학습하는 것은 물론 스스로 선악을 판단할 수 있으며, 정확히 200년 후인 은하계 최후의 전쟁에서 세포 분열을 통해 최종적으로 인간이 되어 적을 공격할 수 있도록 프로그래밍한 변이생명체를 미래의 적 함정인 데빌리스 1호 속에 투입했다고 합니다."

"어느 곳에 투입한 것인가요?"

"그것은 저도 모릅니다. 무역업자가 무역 거래를 하면서 투입했다고 합니다. 이제 200년이 지났으며, 앞으로 7시간 후면 최종 세포분열 후 인간으로 변신해 데빌리스 1호에 탑승한 핵심 지휘관과 내부통신센터 등을 공격하리라 예상합니다."

우주선 도크에 불이 켜졌다.

수십 개의 지시등이 밝혀지고 우주 비행을 위한 도크도 서서히 낮은 금속음을 내면서 열리고 있었다.

펄사 7호는 은하연맹의 전사 13인을 싣고 풍선이 뜨듯이 약간 지그재그로 상승하였다. 느린 듯하지만 사실은 빠르게 개방된 해치를 통과하였다.

광막한 우주가 창밖으로 보였다.

이키 소령은 메인 조종사인 카일에게 의자에 앉으면서 지시했다.

"좌표를 설정하고 보고하라."

"좌표는 02394 C H 스페이스 6741로 설정하였습니다."

"좋아. 대원들은 시뮬레이션 안경을 착용하도록 한다. 초공간 진입 시에 약간의 진동이 있으나 염려할 것 없다."

이키 소령은 설명을 이어 나갔다.

"소행성 R-17 폭파 계획은 여러분 뇌기저부에 자동 저장 및 인식되어 행동으로 전환된다. 6세대 생명공학 기법으로 별도의 학습 없이 대뇌에 자동으로 기록되고, 그것을 기반으로 한 인식 및 행동을 통해 작전을 수행하게 된다."

모두 묵묵히 듣고만 있었다.

"파워, 올리겠습니다."

조종사가 보고를 하자 녹색과 적색의 지시등과 수십 개의 점멸등이 빛을 발하였다.

모두 의자에 앉아 이미 자동학습 중이었는데, 그것은 계기판의 찬란한 불빛과 상당히 대조를 이루었다.

프린세스 1호의 전투상황실.

"펄사 7호의 초공간 진입을 허용한다."

"초공간 진입을 위한 공간 축소 프로그램 모델 작동."

한 줄기 섬광이 기함 프린세스 1호의 외부 돌기로부터 나선형으로 발사되어 주변 우주공간의 시공이 원형으로 급격히 축소되었다.

그 원형 공간으로 펄사 7호는 서서히 진입하였다. 무수한 광입자와 안개로 구성된 초공간 진입용으로 특별히 프로그래밍한 시공 모델은 은빛 섬광을 강렬하게 발하면서 펄사 7호를 삼키더니 한 줄기 빛의 궤적을 남기면서 우주 저쪽으로 무한히 연장되었으며, 시공 축소 모델은 한없이 시간을 축소하면서 공간을 초월하였다.

조종사가 일행에게 보고하였다.

"지금 시속 300만 마일입니다."

시뮬레이션 안경은 탑승자에게 작전 명령과 작전 후 귀환하는 요령을 지시하고 있었다. 그리고… 왜 소행성 R-17을 폭파하여야 하는지 설명해 주었다.

"…여러분은 소행성 R-17을 왜 폭파해야 하는지 궁금할 것입니다. 설명하자면 복잡하지만, 간단히 알려드리겠습니다. 여러분이 정확하게 약속된 시간에 폭파할 수 있다면, 마침 그곳 부근을 지나는 웜홀이 폭발의 충격으로 인해 블랙홀을 열게 됩니다. 그 결과 소행성 R-17이 폭발하면서 생긴 파편이 모두 블랙홀로 빨려 들어가고, 그 뒤 초공간 이동을 하여 약 7시간 후 은하연맹과 은하제국 간의 전투 지역에 화이트홀이 열리면서 소행성 R-17의 파편 덩어리 수억 개가 산사태처럼 쏟아져 나와서 전투 지역을 휩쓸게 됩니다. 이것을 이용하여 은하제국의 함대를 격파하려는 것입니다."

이키 소령을 비롯한 특수파괴조 대원들은 어이가 없는 설명에 가슴이 답답하였지만, 명령대로 작전을 수행하겠다는 의지는 변함이 없었다.

데빌리스 1호의 전투상황실.

기함 데빌리스 1호의 위용이 은하의 별빛을 받아 공포와 침묵의 그림자를 드리우고 있다. 주변에는 호위 구축함이 전투 대형으로 줄지어 있어, 곧 벌어질 참혹한 전쟁의 서막을 알리는 것 같았다.

고르곤 황제는 이미 전쟁에서 승리했다는 듯이 확신에 찬 표정으로 전쟁에 참가한 은하제국의 각 장군과 홀로그램 영상을 통해 작전회의를 주재하고 있었다.

은하제국의 레토 태양계와 미나미 태양계 소속 혹성에서 차출된 장군들은 황제 앞에서 엄숙하면서도 초조한 표정으로 회의를 진행하고 있었다.

"우리 은하제국의 정책에 찬성하여 위대한 휴머노이드 말살 전쟁에 참전한 그대들은 우리의 진정한 친구입니다."

고르곤 황제의 정치적인 발언에, 장군 30여 명은 회의임에도 불구하고 고개조차 제대로 들지 못한 채 복종하는 자세를 취하고 듣고만 있었다.

"이제 4시간 후면 우리가 전멸시켜야 할 휴머노이드의 장난감 함대를 만나게 됩니다. 그들은 이미 사기가 떨어졌으며 도망자가 많다고 합니다."

고르곤 황제는 어깨를 으쓱하며 거만한 표정을 지었다.

"승리는 우리 은하제국의 것이며, 이번 전쟁에 협조한 귀관들의 혹성에는 휴머노이드 혹성 1개씩을 내려 그 혹성에 사는 이들을 노예로 사용할 수 있도록 이 몸이 허락하겠소. 그러면 여러분은 영웅이 되는 것이오. 노예 혹성을 거느리게 되면 여러분의 고향 혹성도 살기가 좋아질 테니 말이오."

앉아 있는 장군들은 감정을 자제하려고 노력했다. 하지만 이번 전쟁에 참여한 미르 혹성의 '알데바' 장군은 도저히 곤혹스러운 표정을 숨길 수 없었다.

'노예 혹성을 수탈하는 것이 무엇이 좋은 일인가?'

그는 답답한 가슴을 억누르고 있었다. 이때 고르곤 황제는 알데바 장군을 흘깃 보더니 그를 불렀다.

"알데바 장군!"

"예, 황제 폐하."

"무슨 걱정거리라도 있소?"

"없… 없습니다."

알데바 장군은 다소 부자연스럽게 대답하였다. 고르곤 황제는 3~4초간 그런 알데바 장군을 응시하였다. 알데바 장군 역시 쓸데없는 오해를 받기 싫어서인지 황제의 눈을 피하지 않고 마주 보았다. 일순간 작은 긴장감이 주위에 퍼졌다.

"자, 지금부터 공격 명령을 하달합니다."

황제의 충실한 부하인 '데블로' 장군이 전쟁 상황판을 가리키면서 소리쳤다. 황제는 고개를 돌려 거대한 전쟁 상황판을 보았다. 그리고 주위에 있는 모든 장군과 작전 참모, 기타 전쟁 수행요원 300여 명도 각자의 모니터를 쳐다보았다.

데블로 장군은 발언을 이어 갔다.

"우리 은하제국은 기함 데빌리스 1호와 27척의 항공모함, 106척의 통신함, 950척의 공격용 구축함, 800척의 순양함, 2,000척의 고속 어뢰함과 우주 최고 성능을 자랑하는 레드스타 전투기 170,000대, 8,600대로 구성된 폭격기 사단, 또한 350척으로 이루어진 전투지원 6개 선단을 자랑합니다."

은하제국 지휘관들은 상기된 표정으로 그 설명을 듣고 있었다. 전쟁 상황판 화면에는 위풍당당한 은하제국의 함대가 우주를 배경으로 출전하는 모습이 비치고 있었다.

"우리의 위대한 은하제국 함대가 우주를 상징하는 원형의 전투대형을 갖추고 지금 전쟁 지역으로 진입하고 있습니다."

이때 고르곤 황제가 소리를 지르면서 의기양양하게 설명을 덧붙였다.

"우리 은하제국 함대가 취하고 있는 진형은 기함인 데빌리스 1호가 원의 정면에 위치하며, 공격용 구축함, 호위 순양함이 360도 방사형으로 나뉘어 이동하오. 또한 좌현과 우현에 어뢰정이 편대를 형성하고 중앙에는 항공모함 부대가, 후미에는 통신선과 전투지원 함대가, 마지막으로 6개 사단으로 편성된 수송선으로 이루어져 있소."

"그렇습니다. 방금 위대한 지도자이신 은하제국의 고르곤 황제 폐하께서 말씀하신 것처럼, 우리의 진형은 우주의 상징인 원형으로, 절대 파괴되지 않는 승리의 형태입니다."

그러자 골수 은하제국 장군들은 "와! 와!", "우! 우!" 하고 고함을 지르면서 날뛰기 시작하였다. 가슴을 치는 자, 머리를 흔드는 자, 앞뒤로 상반신을 흔드는 자 등 각양각색이었다.

"으흐흐…! 이번 전쟁은 애들 장난이야. 이제 우리도 노예 행성을 거느린 부자가 되는 거야!"

제47 구축함대 사령관인 '스키토' 장군은 음흉한 미소를 지으면서 중얼거렸다.

전투도 하기 전에 승리는 은하제국 쪽으로 기울어지고 있었다.

제17 기동함대 사령관인 알데바 장군은 전자 수첩 안에 있는 가족사진을 보고 있었다. 그는 이번 전쟁에서 어느 쪽이 이길 것인가에는 관심이 없어 보였다. 초조해 보이는 표정과 눈빛을 지울 수가 없었고, 군인으로서의, 그리고 수십 척의 순양함을 지휘하는 사령관으로서의 당당함도 보이지 않았다.

그는 이번 전쟁에서 자신이 속한 은하제국이 승리할 것이라 믿어 의심치 않았다. 은하제국은 막강한 무력과 월등한 참전 인원, 그리고 철저한 전쟁 준비 등 모든 점에서 은하연맹보다 절대적인 우위에 있었다. 은하연맹은 훨씬 뒤떨어진 무력, 체계가 잡히지 않은 급조된 병력 구성 등 수많은 약점을 안고 있었다. 알데바 장군이 아무리 재평가를 해보려 해도 이 전쟁의 승자는 은하제국이었다.

그럼에도 우주의 질서를 파괴하게 된다는 진실은 알데바 장군에게 당혹감과 분노 같은 것을 일으켰고, 그 모든 것이 혼란스럽게 그의 뇌리를 맴돌고 있었다. 그러나 그에게 선택의 자유는 없었고, 다른 방법을 찾을 수조차 없는 것이 지금 이 순간이었다.

거대한 홀로그램 스크린에 은하제국의 함대가 이동한 경로가 나타나고, 은하연맹의 함대가 이동해오는 경로도 나타났다.

조금 전까지 환호성이 울리고 축제 분위기에 빠져 있던 데빌리스 1호의 전투상황실의 분위기가 차분하게 가라앉았다. 그리고 전쟁이 닥쳐오고 있다는 엄숙한 분위기가 드리워졌다.

"전쟁 지역 진입까지 우주 델타시간으로 앞으로 2시간 30분 남았습니다."

통제 요원이 안내방송을 하였다.

"자, 지금부터는 황제 폐하께서 직접 전투를 지휘합니다. 모든 지휘관은 즉시 함대로 귀환하여 황제 폐하의 지시에 따라 전투를 수행하시기 바랍니다."

데블로 장군은 기고만장하여 소리를 질렀다. 황제의 최측근이라는 위세 때문인지, 수십 명의 장군은 짧은 말로 아부하면서 홀로그램 전투상황실을 빠져나갔다.

빅뱅 이후 150억 년간 평화를 유지하던 은하계는 피비린내 나는 전쟁의 시작을 알리는 죽음의 종소리를 듣게 되었다.

은하는 찬란한 은빛 광채를 내며 우주 속에서 아름다운 모습을 보이지만, 인간들의 탐욕과 무지와 오만으로 인해 처절한 핏빛으로 물들게 되었다.

펄사 7호는 숨 막히는 초공간 비행을 마치고 목표 행성인 R-17의 인력권에 모습을 드러냈다.

"즉시 착륙하라. 착륙은 자동항법이 아닌 수동조작으로 실시한다."

이키 소령은 다급히 소리쳤다.

"아니, 왜 위험한 수동조작으로 착륙해야 합니까?"

레이가 불만스럽게 따졌다.

분대장인 한스가 레이를 오른손으로 껴안았다.

그리고 불안한 표정으로 말했다.

"지금 우리 후방에서 은하제국의 함대가 이쪽으로 이동해오고 있어. 만약 자동으로 착륙해서 적 통신선이나 척후선의 컴퓨터에 포착되면 모든 것이 끝장이야. 그래서 통신량이 적은 수동 조작으로 우주선을 소행성 R-17에 착륙시키려는 거야."

"제기랄!"

레이는 환장하겠다는 표정으로 안전벨트를 조였다.

"자, 소행성 R-17에 착륙한다. 항해사 로크는 좌표를 설정하라."

"좌표 설정 완료."

"진입하라."

"진입 시도, 역추진 로켓 분사!"

펄사 7호는 고속으로 소행성 R-17에 진입하였다.

순식간에 외부는 고열로 붉게 물들었다.

"진입 각도에 오류! 우주선 폭발 가능성 있음!"

수동조작에 실패하였다는 듯이 부조종사 픽스가 소리쳤다.

"즉시 진입 각도를 수정하라!"

이키 소령이 소리를 질렀다.

"수정 불가. 수동조작 불능. 외부 온도 급상승."

계기판의 디지털 화면은 붉은색으로 가득 찼다.

"우주선 폭발 30초 전."

고속으로 하강하고 있는 펄사 7호는 안정적인 진입 각도를 놓쳤고, 그 결과 우주선 동체가 고열로 달아오르면서 불꽃을 날리고 있는 위급한 상황에 빠지게 되었다.

"폭발 15초 전."

컴퓨터의 무감각한 음성이 특수요원들을 숨 막히게 했다.

"즉시 자동 착륙 유도 장치를 작동하라."

"자동 착륙 유도 장치 작동."

부조종사 '챠크'는 기다렸다는 듯이 자동 착륙 유도 장치의 버튼을 눌렀다.

"착륙 궤도 수정. 진입 각도 수정. 진입 속도 수정."

컴퓨터의 금속성 안내 방송이 흘러나왔다.

"폭발 예고 해제. 30초 후 착륙 예정."

요원들은 모두 식은땀을 비 오듯이 흘리고 있었다.

"착륙 10초 전."

펄사 7호의 역추진 로켓이 마지막으로 점화되었다.

하강 속도가 급격히 감소하면서 서서히 소행성 R-17 표면에 접근하였다.

"모두 즉시 내려서 장비를 확인하라."

이때 부조종사 챠크가 계기판을 보면서 황급히 소리를 질렀다.

"이키 대장! 큰일이야! 제국의 통신선이 우리가 자동조종으로 착륙할 때 컴퓨터 회로의 통신량 증가를 확인한 것 같아!"

"뭐라고?"

모두 우주선에서 내리다 말고 뒤를 보았다.

"지금 우리 펄사 7호의 주파수를 추적하는 극저주파 뉴트리노 전파가 수신되고 있어… 어쩌면 은하제국의 통신선이 우리가 소행성 R-17에 착륙했다는 것을 눈치챘을 수도 있다."

이키 소령이 단호한 표정으로 말했다.

"어쩔 수 없었다. 조금 전에 자동조작으로 착륙한 것은 누구의 잘못도 아냐. 신속히 자력파 폭탄을 매설하고 기함 프린세스 1호로 귀환해야 한다."

"자, 자, 아무 생각 말고 임무나 수행하자고!"

분대장인 한스가 폭탄을 만지면서 말했다.

은하제국의 제19 통신선 버그호의 통제실.

"대장!"

"뭐냐?"

"조금 전 소행성 R-17에 미확인 물체가 자동조종으로 착륙을 시도하는 주파수를 확인했어."

"그게 무슨 뜻이지?"

"적인지 아군인지 몰라. 다만 어떤 우주선이 소행성 R-17에 착륙을 시도한 것은 틀림없어."

"확실한가?"

"자동조종 시간은 약 20초. 그 후로는 새로운 통신은 감지되지 않아. 어떤 음모가 진행되고 있는 것은 틀림없어 보여."

"즉시 최고 사령부인 기함 데빌리스 1호에 보고하라."

버그호의 함장인 비루스 대령은 득의에 찬 표정으로 통신병에게 지시하였다.

은하제국의 기함 데빌리스 1호의 통신국.

수백 명이 각자 맡은 구역의 통신을 담당하고 있었다.

"버그호로부터 특이사항 보고입니다."

"뭐냐?"

통신국 책임자 델크스 사령관은 날카로운 눈빛으로 통신병의 보고를 확인하였다.

"소행성 R-17에서 정체불명의 전파를 감지했다는 버그호 비루스 대령의 보고입니다."

"소행성 R-17은 군사시설이 없는 버려진 소행성인데 무슨 말이야?"

델크스 사령관은 스크린에 비치는 소행성 R-17의 모습을 보면서 대수롭지 않다는 표정을 지었다.

"약 20초간 우주선의 착륙 시도로 보이는 전파였다고 합니다."

델크스 사령관은 뭔가 이상하다는 듯이 손으로 코끝을 만지면서 눈을 번뜩였다. 그리고는 소리쳤다.

"좋아, 전투상황실로 보고한다. 그리고 황제 폐하의 지시를 받도록 하라."

"알겠습니다."

데빌리스 1호의 전투상황실.

고르곤 황제는 소행성 R-17에 대한 정찰 비행을 지시하고 있었다.

"버그호의 사령관 비루스 소장에게 지시한다. 소행성 R-17에 정찰대를 파견하고 결과를 보고하도록 하라."

"알겠습니다. 황제 폐하!"

통신선 버그호의 정찰 비행대가 출발을 위해 갑판으로 정렬했다. 또한 정찰선 1대와 전투기 2대가 출발을 위해 유도 요원의 지시를 받고 있었다.

"자, 출발한다."

은하제국의 정찰 우주선 1대와 레드스타 전투기 2대가 통신선 버그호의 갑판을 이륙하여 소행성 R-17로 향했다.

프린세스 1호 전투상황실.

"이제 곧 미사일 발사 사정거리에 진입합니다."

참모 나트가 나직이, 그러나 결연한 어투로 상황을 보고했다.

트로아 장군은 지휘봉을 들고 전쟁 상황을 볼 수 있는 홀로그램 스크린 앞으로 다가갔다.

"장군들!"

모두 무뚝뚝한 표정으로 연맹의 총사령관인 트로아 장군을 주시하였다.

"이제 30분 후면 우주 순항 미사일을 발사할 수 있는 작전 반경에 진입합니다. 우리 은하연맹의 함대는 본 사령관이 지휘하는 기함 프린세스 1호를 선두로 하여 좌현은 제1 군단 '갈리아' 장군의 지휘하에 우주항공모함 플로트호와 구축함 제나호, 순양함 포스트호를 위시하여 어뢰정함대, 그리고 지원함대로 편성하여 전진합니다. 우현은 제3 군단 '볼리바르' 장군의 지휘하에 우주항공모함 사르호와 구축함 및 순양함으로 구성된 호위함대를 구성하여 전진합니다. 기함 프린세스 1호의 후위에는 나머지 순양함 30척과 구축함 12척, 어뢰함 1,000대, 그리고 수송선단이 따르며…"

스크린에는 트로아 장군이 설명할 때마다 필요한 전략 배치 형태가 알기 쉽게 4차원 영상으로 표현되고 있었다.

"그리고 후방으로의 우회 공격에 대비하여 6척의 구축함과 1,000여 대의 함재기는 제2 군단 사령관인 '나르스' 장군이 인솔하도록 합니다."

전쟁 수행 참모인 나트가 앞으로 나섰다.

"모든 함대는 지금부터 반전자 방식으로 통신합니다. 때문에 한 번 수신되고 나면 재수신이 불가능합니다. 이것은 전쟁 수행의 보안을 유지하기 위한 것이니 유의 바랍니다."

트로아 장군은 다시 지휘봉을 양손으로 잡으면서 각 부대의 장군들을 둘러보았다.

잠시 침묵이 흘렀다.

"각 장군은 제 말을 명심하십시오. 만약 슈퍼컴퓨터의 예측대로 우리가 패전하게 되면, 각 지휘관의 독자적인 판단에 따라 항복과 항전을 결정할 것을 명령합니다."

총사령관 트로아 장군은 눈에는 이슬이 역력했다.

"자, 모두 함선으로 귀환하여 명령대로 전쟁을 수행하십시오. 승리를 기원합니다."

트로아 장군은 단호한 어조로, 그러나 비장함이 함축된 어조로 각 지휘관에게 명령했다.

장군들은 홀로그램 영상에서 빠져나와 각자의 함대로 속속 귀환하였다.

데빌리스 1호의 전투상황실.

"황제 폐하, 곧 전투 지역으로 진입합니다."

"그래! 각 함대의 사령관에게 이 사실을 알리고, 기함 데빌리스 1호의 작전 지시에 신속히 따를 수 있도록 다시 한번 독려하라."

"예, 폐하!"

데블로 장군은 고르곤 황제의 최측근으로서 권세를 누리는 것이 즐겁다는 표정이었다. 이것을 가장 아니꼽게 생각한 것은 미사일 통제 사령관인 롤링이었다. 롤링은 자신이 은하제국의 가장 강력한 무기 체계인 각종 미사일 발사 통제권을 갖고 있음에도 황제가 항상 데블로의 말만 듣는 것 같아서 불만이 많았다.

"황제 폐하!"

"아, 롤링 장군…. 뭔가?"

"제 생각에는 적의 무기 체계와 성능을 알아보기 위해 미사일 사정권에 진입하면 우리 은하제국의 강력한 K-9 광자미사일로 선제공격을 하는 것이 좋을 것 같습니다."

"선제공격이라…."

고르곤 황제는 종래와는 달리 냉정한 표정을 지으면서 롤링 장군을 응시하였다. 그때 갑자기 데블로 장군이 끼어들었다.

"폐하!"

"뭐요?"

"제가 생각하기에는 먼저 정찰기를 띄워서 적의 반응과 적의 규모를 정확히 파악한 후에 공격하심이 좋을 것 같습니다."

"아, 그렇지 않습니다."

롤링 장군이 쉴 틈 없이 파고들었다.

"말해보시오."

고르곤 황제는 역시 한 제국의 지도자답게 신중함이 있었다.

"현재 은하연맹의 주력부대는 이미 파악이 완료된 상태이며, 적 기함의 제원이나 각종 전투 함대의 능력, 우주전투기 스페이스 이글의 성능 또한 완벽히 알고 있습니다."

"그래서요?"

데블로 장군이 맞받아쳤다. 냉정하나 다소 심약한 편인 데블로 장군은 슬쩍 고르곤 황제와 롤링 장군을 번갈아 스쳐보면서 말을 이어나갔다.

"우리가 알고 싶은 것은 은하연맹이 어떤 전쟁 시나리오를 가지고 이 전투를 시작했느냐 하는 것입니다."

잠시 실내가 조용해졌다.

수백 명의 전쟁 통제 요원도 숨을 죽이고 있었고, 최측근 참모 몇 사람도 논쟁을 하는 세 사람을 보고만 있었다.

"아, 지금 데블로 장군은 은하연맹과의 전쟁에서 겁을 집어먹은 것이오? 이번 전쟁은 완전히 노출된 우주공간에서 벌이는 총력전이요! 결국 남은 건 총공격뿐인데 무슨 전쟁 시나리오가 필요하다는 말이오!"

"그렇지 않소. 완전히 개방된 우주공간에서의 전투이기 때문에 더욱 작전이 필요한 것입니다."

데블로 장군은 자신의 이미지에 어울리지 않게 책상을 오른손으로 치면서 롤링 장군의 말에 응수했다.

"조용히 하시오."

고르곤 황제가 두 사람의 말을 막았다.

"롤링 장군의 제안대로 미사일로 선제공격하는 것이 이번 전쟁의 기선을 제압하는 방법으로 가장 적합한 것 같소."

두 사람은 잠시 침묵을 지켰다.

데블로 장군은 감정을 억제하면서 아래턱에 힘을 주었다. 더 이상의 주장해봐야 자신에게 불리하다는 것을 잘 알고 있기 때문이었다.

전투상황실에 통제 요원의 방송이 흘러나왔다.

"앞으로 3분 후 전쟁 지역으로 진입합니다."

고르곤 황제는 재미있다는 듯한 표정으로 가운을 펄럭이며 자신의 자리로 가서 앉았다.

"모든 함대에 전투 준비 명령 1호를 하달하라."

일순간 전투상황실은 긴장감이 엄습했다. 아무리 유리한 전쟁이라도 불안감과 죽음에 대한 공포는 어쩔 수 없이 존재하기 때문이다.

"기함 데빌리스 1호는 반물질 방어막을 가동하라."

"반물질 방어막 가동!"

바쁘게 통제 요원의 복창 소리가 울려 퍼졌다.

"지금부터 모든 통신은 적의 감청을 피하기 위하여 특별히 계획된 주파수인 쿼크 3번 주파수를 이용한다."

우주는 저 멀리서 수많은 별이 빛을 내면서 반짝이고 있었다. 그것은 이번 전쟁의 비극적인 상황을 미리 알고 두려움에 떠는 안쓰러운 모습이었다.

양쪽 진영의 함대는 이제 전쟁 구역으로 진입하고 있다.

은하제국은 원형의 전투대형으로 전진하고 은하연맹의 함대는 삼각형 대형으로 전진했다.

소행성 R-17.

"자, 빨리빨리 장비를 설치하라."

이키 소령은 대원들을 격려했다.

소형 운반차를 우주선에서 내리고, 그 안에 있는 자력폭탄을 설치해야만 한다. 그의 이마에 땀이 맺혔다.

그때 소행성 R-17의 대기권에 은하제국의 정찰대가 접근하고 있었다.

"소행성 R-17에 도착했다. 양자 레이더를 가동하여 이상한 물체나 움직임을 포착하겠다."

"그렇게 하라."

은하제국의 통신지휘소에서 명령이 하달되었다.

정찰대 소속의 전투기와 정찰이 주목적인 정찰 우주선 바크호가 바로 스캐너를 켰다.

"저속으로 비행하면서 180도 범위로 스캔하라."

은하제국의 정찰대는 불과 200m 정도의 저고도에서 저공비행을 하였다.

초정밀 스캐너는 직경 1㎝ 정도의 인공물체나 아주 작은 생명체의 바이오 파동도 감지할 수 있다.

이때 소행성 R-17에서 저 멀리 떨어진 곳에 위치한 은하제국의 함대가 이동하고 있는 것이 밤하늘에 보였다.

참으로 거대한 광원의 이동이었다. 지상에서 바라보는 은하제국 함대가 지닌 거대함과 위압적인 모습은 오히려 처절한 아름다움으로 보였다.

이키 소령은 쌍안경으로 은하제국의 함대를 바라보았다.

그는 아무 말도 할 수 없었다. 그리고 작심한 듯 대원들을 독촉하였다.

"이제 남은 시간은 20분이다. 빨리 자력폭탄을 작동시켜라."

자력폭탄은 강력한 자기력선을 발산하여 소행성의 자기력을 순식간에 증폭시키고, 행성의 중심부에 있는 물질에 핵분열 현상을 촉발시켜 불과 10초 내에 행성의 중심인 핵을 폭발시켜 행성 자체를 파괴할 수 있는 폭탄이다. 이것은 인류가 거주하고 있는 혹성에 추락하는 운석이나 소행성 등을 제거할 목적으로 만들어진, 평화적 목적을 지닌 폭탄이었다.

그리고 자기력선을 발생시킬 때, 폭탄의 한계로 인해 행성의 직경이 4,000㎞가 넘을 경우 현실적으로 핵분열 촉발 자체가 불가능하기 때문에 어디까지나 소행성 전용으로만 쓰였다. 이번에 폭파하고자 하는 소행성 R-17은 직경이 3,200㎞로 자력폭탄으로 파괴가 가능한 규모였다.

원통형의 폭탄이 세워지고, 주변에는 10개의 자력투사 지지봉이 표면에 꽂혔다. 그리고 소행성의 중심부에 있는 철의 성분과 자기장의 세기 및 발생 지점을 파악하는 자기추적 컴퓨터를 작동시켰다.

"이제 2분 후면 자력선 증폭시스템을 가동할 수 있습니다!"

부조종사 챠크가 컴퓨터를 세팅하면서 다급히 말했다.

"그러면 폭발은 정확히 15분 후에, 즉 우주시간으로 KS 17시 35분에 일어나므로 우리는 그동안 소행성 R-17의 폭발 피해 반경에서 벗어나야 합니다."

분대장 한스가 이키 소령과 특수파괴조 대원을 둘러보면서 말했다.

"자, 짐을 챙겨서 빨리 떠나자."

이키 소령은 레이저 발사관을 들면서 재촉하였다.

이때 한줄기 섬광이 필사 7호 우주선 주변에 작열하였다.

"정체불명의 우주선 발견!"

은하제국의 정찰선 바크호의 승무원이 황급히 무전 보고를 하였다.

"일단 전투기로 하여금 위협사격을 하도록 하겠다."

바크호의 승무원은 함께 출동한 전투기에 명령을 내렸다.

"우주선을 향해 위협사격을 실시하고 계속 감시하라."

"알았다."

우주전투기 레드스타 2대가 공중을 천천히 선회하면서 광선포를 발사했다.

"자, 이키 대장? 이제는 어떻게 해야 하나?"

"일단 필사 7호에 탑승하라! 그리고 무전으로 접촉을 시도하여 시간을 끌도록 한다."

"자, 전원 탑승하라!"

분대장 한스가 부대원들을 밀었다.

"우주선! 응답하라. 우리는 은하제국의 정찰대이다. 정체를 밝혀라."

우주 공용통신 주파수로 바크호는 먼저 접촉을 시도했다.

"공격을 중지하라. 우리는 은하제국의 특수부대인 갈갈이 여단 소속 전방 척후선이다."

"뭐라고? 갈갈이 여단?"

"그렇다. 우리는 특수부대이며, 이번 전쟁의 최전방 지역에서 은하연맹의 움직임을 감시하기 위해 R-17호 소행성에 착륙한 것이다."

이키 소령은 이러한 위급상황에서 적을 속이기 위해서는 순간적인 임기응변 외에는 별다른 수가 없다고 판단하고 연기에 들어갔다.

쌍방 간에 침묵이 흘렀다.

"이키 대장, 자력폭탄이 발견되면 저놈들이 즉시 우리를 공격할 건데…"

분대장 한스가 죽을상을 지으면서 중얼거렸다.

"시간을 끌면서 제국의 정찰선을 착륙시키고, 전투기도 함께 착륙하도록 유도한 다음 직접 공격으로 적을 격파하는 방법밖에 없다."

이키 소령은 레이저 발사관을 오른손으로 들면서 말했다.

"소속을 정확히 밝혀라. 그렇지 않으면 바로 공격하겠다."

제국의 정찰선에서 최후통첩이 내려왔다.

"대장, 소속을 밝히래. 어찌해야 하나?"

메인 조종사 카일이 신경질적으로 눈을 찌푸리며 우주선 밖을 보면서 말했다.

"죽는 한이 있어도 자력폭탄을 작동시켜야 한다. 곧 자력폭탄은 폭발할 것이다. 그전에 제국의 정찰대를 반드시 격파해야 한다."

이키 소령은 마이크를 잡았다.

"우리는 아까 말한 대로 갈갈이 여단 소속 전방 척후선이다. 공용 통신으로는 우리의 신분을 밝힐 수 없다. 귀관의 부대가 착륙하여 우리 우주선으로 올라와주기 바란다."

"뭐? 우리 보고 착륙해서 직접 확인하라고?"

바크호 통제 장교는 기가 차는지 옆의 부하를 쳐다보았다.

"대장님, 일단 우리에겐 전투기도 있고 무장도 충분하니 착륙해서 신분을 확인하는 것도 나쁘지는 않겠습니다."

"좋아, 일단 전원 착륙하여 미확인 우주선을 포위하고 정찰선의 병력은 전부 내려서 우주선을 수색한다."

제국의 정찰선과 전투기는 조용히 수직으로 착륙하였다.

"자, 지금부터 임무를 부여한다. 적의 정찰선은 나와 한스가 맡고, 적의 전투기 중 1호기는 레이와 로크가 맡고, 2호기는 루이와 제니가 맡아서 파괴한다. 무기는 모두 고에너지 기관총으로 통일한다."

모두 너무 긴장한 탓인지 말이 없었다.

"펄사 7호에는 메인 조종사인 카일만 남고 모두 내려서 각자 위치로 이동한다. 수색에 협조하는 척하면서 파괴공작을 진행한다."

소행성 R-17은 산소가 있으나 대기가 희박하여 모두 간소한 우주복을 입고 있었고, 그 때문에 상대방의 표정을 쉽게 알 수가 없었다.

제국의 정찰선에서 내린 지휘관과 부하들은 펄사 7호에서 내린 병사들의 우주복을 보고 의아해했다.

"어째 우주복이 우리와는 다른 것 같은데? 그리고 저쪽에 있는 원통은 도대체 뭐야?"

바크호의 지휘관이 부하에게 물었다.

"글쎄요?"

"너희 두 사람은 원통을 조사하고 나머지는 나와 우주선을 수색한다.

그리고 전투기 조종사들은 전투기에서 내리지 말고 대기한다."

"알겠습니다."

이키 소령과 제국의 정찰대장이 마주쳤다.

"어느 부대 소속인지 증명서를 보여주시오."

"증명서는 없소. 우리는 은하연맹의 통신을 수집하여 분석하는 임무를 짊어지고 파견되었소. 고르곤 황제 폐하의 비밀부대인 특수정보대 소속이오."

"그래요? 저기 보이는 원통은 무엇이오?"

"통신 내용을 분석하는 첩보용 탐사 장치입니다."

"탐사 장치라…"

아무래도 의심스럽다는 듯이 그는 펄사 7호 쪽으로 걸어갔다.

이때 제국의 통신병이 원통을 점검하다 말고 고함을 질렀다.

"이것은 고성능 폭파 유도 장치입니다!"

병사는 스캐너를 읽으면서 계속 소리쳤다.

"뭐라고?"

제국의 정찰대장이 놀라면서 되물었다.

"이것은 강력한 자기증폭 장치이며, 곧 소행성 R-17호가 코어의 핵분열 반응으로 폭파할 것입니다!"

그 순간 제국의 정찰대장이 에너지 발사 권총을 빼 들었다.

이때 간발의 차이로 이키 소령의 기관총이 먼저 불을 뿜었다.

콰콰콰콰…!

날카로운 금속성 총성이 울리면서 순식간에 총격전이 벌어졌다. 그리고 제국의 정찰선은 펄사 7호가 발사한 에너지빔에 의해 바로 폭파되었다. 그러나 제국군의 총격으로 부조종사 챠크와 대원 4명이 숨을 거두었다. 그 사이 제국의 전투기는 이륙할 시간조차 갖지 못하고 특수파괴조의 고에너지 기관총 사격을 받아 동체가 파괴되면서 연쇄 폭발로 땅바닥에 폭삭 주저앉았다. 전투기를 포기하고 소행성으로 뛰어내린 4명의 제국군이 암벽 사이로 숨어서 공격을 하였다.

이키 소령이 큰소리로 외쳤다.

"모두 펄사 7호에 탑승하라! 여기는 내가 맡는다!"

"안 됩니다. 대장! 곧 자력폭탄이 폭발합니다!"

"명령이다! 즉시 철수하라!"

분대장 한스가 뛰어나오면서 말했다.

"이곳은 대장과 내가 맡는다! 남은 분대원은 즉시 탈출하라!"

그 순간 제국군의 레이저 빔이 한스의 가슴에 명중했다.

"억!"

분대장 한스는 비명과 함께 바로 절명하였다.

"이런, 제기랄!"

한스의 숨이 끊어진 사실을 알고 분대원 제니는 벌떡 일어서서 제국군을 향해 기관총을 발사했다. 그러나 제국군은 은폐물 뒤에 몸을 숨기고 있었기에 소용이 없었다.

이키 소령이 뛰어왔다.

"모두 잘 들어! 즉시 펄사 7호에 탑승하고 초공간 비행을 통해 이곳을 벗어나도록 해라."

"대장, 그럴 수 없어. 대장 혼자서는 제국군을 이길 수 없고, 자력 폭탄을 방어할 수 없다고."

이키 소령은 다친 왼팔을 안으면서 아무 말도 하지 못한 채 바위에 몸을 기대었다.

Chapter 2

처절한 전투

은하계 최후의 전쟁이 시작되려고 하는 전쟁 지역.

델타 우주시간으로 우주력 37,603년 6월 6일. 쌍방의 대함대가 대치하고 있었다. 미사일을 발사할 수 있는 거리에서 서로의 전력을 과시하듯 거대한 전투 대형을 이루고 있는 양측 군대로 인해 숨 막히는 긴장감이 유지되고 있었다. 주변의 은하는 빛을 잃어버렸으나, 수천 척의 우주함대는 형형색색의 빛을 내면서 어두운 우주를 밝혔다.

프린세스 1호의 전투상황실.

트로아 사령관은 작전 참모들과 함께 4차원 전쟁 상황 홀로그램 스크린을 보고 있었다.

최측근 참모인 '나트'가 상황을 조용히 설명했다.

"사령관 각하, 이제 전쟁이 시작됩니다. 프린세스 1호의 전쟁 무기 운용 체계를 지휘하기 위해 담당 장교들은 모두 여기에 있고, 각 함대를 지휘하는 장군들은 현재 각자의 위치에서 대기 중입니다."

"1급 경계령을 하달하라."

"알겠습니다. 모든 함대에 1급 경계령을 하달한다. 전쟁이 시작되었음을 선포한다."

프린세스 1호의 상황실에 급속히 긴장감에 퍼져 나갔다.

"프린세스 1호는 양자 방어막을 가동하라."

트로아 장군이 나트에게 지시하였다.

"양자 방어막 가동!"

나트가 다시 명령하였다.

"방어막 작동합니다."

통제 요원은 재빠른 손놀림으로 양자 방어막의 파워 스위치를 올렸다.
곧 수백 개의 안내 등이 반짝이면서 컴퓨터의 불빛이 수없이 점멸하였다.

한편 데빌리스 1호의 전투상황실.

고르곤 황제는 득의만만한 표정으로 지휘봉을 들고 황금과 다이아몬
드로 장식된 눈부신 의자에 앉아서 의자 옆에 있는 어항에 물고기 사료
를 넣어주고 있었다. 그 어항에는 우주에서 수집한 각종 진귀한 물고기
가 많이 있었다.

"롤링 장군의 말대로 미사일을 이용한 선제공격을 실시한다."

"알겠습니다."

롤링 장군은 괜히 신이 났다.

"적군의 사기를 꺾기 위해서라도 파상공세를 하는 게 좋겠습니다."

"좋아, 그렇게 한다. 미사일에 이어질 공격은?"

"일단 미사일 10,000발을 연속적으로 발사하고, 그다음 미사일의 폭파
열이 식는 10분 후에 3,000대의 폭격기 비행사단을 동원하여 프린세스 1
호에 융단 폭격을 가하는 것입니다."

"적의 저항이 만만치 않을 텐데?"

"물론 적도 반격을 할 것입니다. 그러나 프린세스 1호도 우리가 발사한
미사일 10,000발에 피해를 입어 결코 무사하지는 못할 것입니다."

"좋소. 즉시 공격하시오."

"네, 황제 폐하!"

롤링 장군은 충직한 집사처럼 고개 숙여 절을 하였다.

"미사일을 발사한다. 미사일 발사구를 개방하라."

"알겠습니다."

통제 요원의 컴퓨터를 다루는 손놀림이 빨라졌다.

"미사일은 K-9 시스템으로 한다. 1회에 500발씩 발사하고, 10초 간격으로 총 10,000발을 적 기함인 프린세스 1호를 향해 발사한다."

"알겠습니다."

무뚝뚝한 통제 요원의 복창 소리가 컴퓨터 소음과 함께 조용히 울려 퍼졌다.

데빌리스 1호의 측면과 정면에 있는 미사일 발사구가 개방되었다.

"목표는 적의 기함 프린세스 1호다. 즉시 발사하라."

순간 수백 개의 발사구에서 K-9 광자미사일이 정확히 500발 발사되었다.

측면으로 발사된 것도 입력된 좌표 프로그램에 따라 곡선으로 회전하면서 은하연맹의 기함 프린세스 1호에게 향했다.

"폭격기 사단에 명령한다. 미사일을 전부 발사한 다음에 폭격기 3,000대가 이륙하여 적의 기함에 융단 폭격을 가한다. 제6 비행사단장은 이륙 준비를 완료하고 명령을 기다려라."

"알겠습니다."

제6 비행사단장은 스크린 속의 롤링 장군을 보고 거수경례를 하면서 명령을 받았다.

엄청난 규모의 비행기 격납고는 전투기, 폭격기, 정찰기, 무인전투기 등으로 가득했고, 각종 정비 창고들로 이루어져 있었다.

수많은 정비병과 비행기 조종사가 이륙을 준비하기 위해 바쁘게 움직였다.

"정확히 3분 20초 후에 우리 폭격기 사단은 이륙하여 적의 기함을 폭격한다."

폭격기 사단의 사령관 제크는 이륙 준비를 하는 격납고의 모습을 스크린으로 보면서 참모들에게 지시했다.

"사령관님, 이륙 후 20분 정도는 비행해야 적의 기함에 도달할 수 있습니다. 그동안 적의 전투기 공격이나 미사일 발사가 우려됩니다."

"적의 전투기는 폭격기 자체 무장인 소형 요격 미사일과 레이저 발사관 무장으로 대응한다. 그리고 적의 요격 미사일 역시 우리 폭격기에 장비된 공대공 요격 미사일을 발사하여 무력화시킨다. 그사이 계속 전진하여 임무를 수행한다."

"폭격 시간은 어느 정도로 할까요?"

"폭격 시간은 2분 정도이다. 더 이상은 의미가 없다. 융단폭격이므로 프린세스 1호의 머리 위에 가지고 간 폭탄을 모두 떨어뜨리고 돌아온다."

순식간에 은하제국의 K-9 광자미사일이 모두 발사되었다.

우주공간에서 10,000발의 미사일이 500발씩 줄을 이어서 목표물을 향해 날아가고 있었다.

그것이 살육을 위한 전쟁이 아니라면 너무나 아름답고 장관을 이룬 모습이었다. 그리고 최종 미사일 500기가 발사된 후 데빌리스 1호 격납고의 문이 열리고 은하제국의 강력한 폭격기인 블랙몬스터가 뒤따라 이륙하여 공격 대형을 갖추고 무려 3,000대가 서서히 이동을 시작하였다.

프린세스 1호의 전투상황실.

"적함으로부터 K-9 광자미사일이 발사되었습니다. 컴퓨터 분석 결과 10,000발 정도가 발사되었습니다. 또한… 그 뒤로는 적의 강력한 폭격기인 블랙몬스터 약 3,000대가 출격하여 아군 쪽으로 다가오고 있습니다."

통제 요원들의 컴퓨터 화면과 전투상황실의 4차원 홀로그램 스크린에는 은하제국에서 시도한 엄청난 선제공격의 모습이 비치고 있었다.

모든 통제 요원의 움직임이 정신없어 보였다.

"사령관 각하, 즉각 대응 공격 명령을 내려야 합니다."

참모 나트가 매우 긴장한 모습으로 트로아 장군에게 보고했다.

"미사일 부대 사령관의 의견은 어떻소?"

트로아 장군은 자신을 수행하고 있는 미사일 사단장 '메르츠'에게 물었다.

"각하, K-9 광자미사일은 광자 로켓으로 탄두는 폭발 시 1,000만℃의 고열을 0.5초간 방출합니다. 이때 충격을 받은 물체는 순간적인 고열에 폭발하거나 파손됩니다. 우리 프리센스 1호의 양자 방어막은 K-9 광자미사일을 근본적으로 방어할 수 없습니다. 다만 폭발 시 피해를 줄일 수는 있습니다."

그는 계속 말을 이어 나갔다.

"때문에… 지금부터 10분 이내에 대응 공격을 해야 합니다. 거리가 가까워지면 요격 자체도 어렵습니다."

"어떤 방법이 제일 좋겠소?"

"먼저 우주 지뢰를 대량 발사하여 요격하고, 파괴되지 않은 미사일은 아군의 전투기가 직접 근거리에서 요격하는 것이 좋겠습니다."

메르츠 사단장이 대응방법을 제안했다.

"나트!"

"예, 사령관 각하."

"즉시 우주 지뢰 30만 발을 적 미사일의 항로에 설치하고 우주전투기 스페이스 이글 500대를 출격시켜 파괴되지 않고 날아오는 미사일을 근거리에서 직접 요격하여 모두 격추시키도록 하라."

"알겠습니다. 여기는 함교다. 우주 지뢰 30만 발을 적 미사일 접근 항로에 설치하라."

그 즉시 프린세스 1호의 미사일 발사구가 열리면서 우주 지뢰를 탑재한 운반용 미사일이 발사되었다. 그것들은 초고속으로 비행하며 우주공간으로 날아갔다. 그리고는 적의 미사일이 지나는 경로에 운반용 미사일의 동체가 분해되면서 우주 지뢰가 쏟아져 나왔다.

뒤이어 스페이스 전투기의 지휘선을 중심으로 전투기 10대가 편대를 이루어 날아갔다.

"여기는 지휘선 알파다."

지휘선의 책임자 '투더'가 왼쪽 팔 옷소매에 장착된 컴퓨터 전투복의 마이크로 통신을 했다.

"단 한 개의 미사일도 통과시키지 말고 격추시켜야 한다."

"알겠습니다."

은하연맹의 조종사들은 손을 들어 보이며 자신 있게 대답하였다.

프린세스 1호의 전투상황실에 더욱 긴장감이 돌았고, 모두가 바쁘게 움직였다.

참모 나트가 심각한 표정으로 트로아 장군에게 보고하였다.

"사령관 각하, 적의 폭격기 사단의 공격에도 바로 반격할 수 있도록 전략을 세워야 합니다."

"현재 위치는?"

"최종 미사일이 전부 발사되었고, 그 뒤 우주거리로 0.01파섹 거리에서 우리 은하연맹 쪽으로 접근하고 있습니다. 적은 파상공세를 벌일 양상입니다."

"폭격기는 몇 대인가?"

"약 3,000대 정도이며 완전 중무장한 최신형 폭격기로 자체적인 공중전까지 가능합니다. 블랙몬스터라는 별명이 붙어 있는 이 폭격기는 2문의 레이저 기관포와 6문의 에너지빔 기관총으로 무장하고 있으며, 다목적미사일 20발을 탑재하고 있어 별도의 호위를 받지 않습니다.

"각하, 즉시 구축함 함대로 하여금 프린세스 1호를 호위토록 하여 전투 태세를 갖추어야 합니다."

"그렇게 합시다."

"구축함 함대는 즉시 프린세스 1호를 호위토록 하고, 폭격기를 요격할 수 있는 미사일 발사 시스템을 가동토록 한다."

즉각적인 명령 아래, 멀리 떨어져 있는 구축함 10여 척이 전부 프린세스 1호 주위를 몰려들면서 전투대형을 갖추었다.

다시 데빌리스 1호의 전투상황실.

"자, 이제 은하연맹이 망하는 모습을 구경이나 해야겠다."

고르곤 황제는 창백하고 음울한 얼굴에 야릇한 웃음을 지으면서 홀로 그램 스크린을 쳐다보았다.

"황제 폐하, 적의 우주 지뢰 방어 전술입니다."

"지금은 공격을 더욱 강화하여 적에게 쉴 틈을 주지 않아야 놈들이 전멸할 것입니다."

"호호…. 그래?"

고르곤 황제는 약간은 수긍을 하는 눈치였다.

"때문에 폭격기 사단의 공격 후 다시 은하제국의 공격용 구축함 함대로 화력 공격을 가하여 적을 궤멸시켜야 합니다."

"알겠다. 은하제국 함대의 막강한 화력을 보여주어야 한다."

고르곤 황제는 전투상황실의 4차원 홀로그램 스크린을 보면서 명령을 내렸다.

"명령한다. 제1 우주 항공모함 사단과 제6 구축함 함대, 그리고 고속 공격용 어뢰정 부대는 지금 바로 이동하여 은하연맹 함대의 좌측과 우측을 친다. 항모에 탑재된 12만 대의 항공기로 무차별 공격하여 적 함대를 파괴하라."

"알겠습니다."

스크린에는 명령을 받은 소속 장군들의 모습이 보였다.

"귀환 시간은 전쟁의 성과를 보면서 통보하겠으니 그때 지시에 따르라."

은하제국의 우주항공모함 12척과 함재기 6만 대, 구축함대 6척과 고속공격용 어뢰정 300여 대는 서서히 좌측으로 이동하여 공격에 나섰다. 또한 우주항공모함 13척과 호위 순양함 10여 척, 그리고 항공모함에 탑재된 전투기 6만여 대는 본진에서 빠져나와 은하연맹의 우측을 공격하기 위해 서서히 우회하였다.

프린세스 1호의 전투상황실.

"우주 지뢰 지역에 적 미사일이 접근합니다."

수십만 발의 우주 지뢰가 깔려 있는 지역을 은하제국의 K-9 광자미사일이 접근하였다.

우주 지뢰는 접근하는 적의 미사일을 인식하고, 자체 추진 장치를 통해 순간적인 고속비행을 하여 미사일에 충돌한 뒤 폭발하는 것이기 때문에 상당히 효과적인 방어 수단임에는 틀림없었다.

순식간에 수백 기의 미사일이 우주 지뢰에 의해 폭파되었다. 그리고 계속 밀어닥치는 수백, 수천 기의 미사일도 우주 지뢰밭에서 엄청난 폭발음과 불꽃을 내면서 폭발하였다. 흡사 불바다를 이룬 것처럼 광대한 지역이 불꽃에 휩싸였다.

그 앞에는 우주 지뢰 지역을 통과하는 미사일을 요격하기 위해 은하연맹의 전투기 500여 대가 우주공간에서 극도로 긴장한 상태에서 조용히 대기하고 있었다.

그들의 눈에 미사일을 뒤쫓아서 접근하는 은하제국의 무시무시한 폭격기 사단의 거대한 이동이 보였다. 또한 은하제국의 본진에서 출격한 제6 구축함대와 항공모함 사단도 역시 좌, 우로 우회하면서 공격해오는 광경이 뚜렷이 보였다.

참으로 공포와 전율을 느낄 수밖에 없는 전쟁의 서곡이었다.

"여기는 알파선이다. 우주 지뢰 지역을 통과한 미사일은 1,000여 기 정도이다. 이제 곧 요격을 실시하겠다."

"알파! 요격할 것을 명령한다."

"미사일 후미에서 공격해오는 적의 폭격기 부대에는 어떻게 대응할 것인지 지시를 바란다."

"폭격기 부대에 대한 대응은 아군 부대에서 우주미사일을 발사할 수 있는 구축함 20여 척과 근접 공격기인 X-14 전투기 500여 대로 할 예정이다. 이미 전투기 500여 대는 항모에서 출격 중에 있다."

"알겠다. 지금부터 접근하는 미사일을 요격한다."

지휘본부에 보고를 마친 전투지휘선 알파는 즉시 행동을 취했다.

"모든 전투기는 미사일을 요격한다."

그 순간 500대의 스페이스 이글 전투기는 거미줄처럼 편대비행을 하면서 에너지빔을 발사하였다.

우주 지뢰 지대를 용케 벗어난 은하제국의 K-9 광자미사일은 1,000여 기로, 그것만 해도 엄청난 숫자 이 미사일이 단 한 발만 명중해도 상당한 피해를 입을 수 있었다.

에너지빔에 명중된 미사일이 폭발하기 시작했다. 수없이 많은 미사일을 향해 전투기들은 사생결단식의 에너지빔 공격을 가했다. 총구는 계속해서 불을 뿜었다.

그러나 그러한 결사적인 공격에도 100여 기의 미사일이 요격을 피해 프린세스 1호의 정면으로 접근하였다.

"지휘본부 나와라. 여기는 알파선이다. 요격에 실패한 미사일 100여 기가 프린세스 1호를 향하고 있다. 즉시 격추하기 바란다. 우리는 본대로 귀환하겠다."

"알겠다. 즉시 함대로 귀환하라."

요격 과정에서 스페이스 이글 전투기 50여 기가 충돌 혹은 화재로 추락하고, 남은 450여 대는 귀환했다.

바로 머리 위로 은하연맹의 구축함 20여 척과 근접공격기 X-14 전투기 500여 대가 은하제국의 폭격기 부대를 막기 위하여 진격하는 모습이 보였다.

프린세스 1호의 전투상황실.

"미사일 근접 신호입니다. 충돌 5분 전입니다."

프린세스 1호의 전투상황실은 각종 통신 소음과 함께 정신없이 돌아가고 있었다.

"아군의 좌측과 우측에 적 함대 출현입니다."

"규모는?"

트로아 장군과 측근 참모진, 그리고 수행 참모인 나트는 통제 요원의 보고에 촉각을 곤두세웠다.

"엄청난 규모의 공격입니다. 적의 제1 우주 항모사단 소속 항모 12척과 제16 구축함대 소속 구축함 6척, 공격용 고속 어뢰정 부대가 좌측에서 접근 중이며, 우측으로 접근하는 건 은하제국 제3군 소속의 항공모함 13척과 구축함 7척으로 편성된 부대입니다. 항모에 탑재된 전투기만 6만여 대입니다."

"각하, 우선 정면에서 접근하는 K-9 광자미사일의 격추가 시급합니다."

"피격 3분 30초 전!"

"대응 시간 1분 30초 남았습니다."

"양자 방어막의 출력을 최대한 높인다."

"근접 요격 미사일 SS-16발사 기수를 알려주십시오."

"발사 기수는 200기로 한다."

"SS-16 200기를 접근하는 제국의 K-9 광자미사일을 향해 발사하라."

"발사관 개방!"

"발사합니다."

순식간에 200기의 근접 요격 미사일이 불을 뿜으면서 날아갔다.

모두 긴장한 모습으로 스크린을 주시하였다.

은하제국의 K-9 광자미사일과 SS-16 요격 미사일의 거리가 점점 가까워지고 있었다.

"SS-16 요격 미사일은 적의 미사일이 요격 가능 거리에 오면 강력한 중성자 빔을 탄두에서 발사하여 상대 미사일의 내부 통제 시스템이 파괴되면서 폭발하도록 유도합니다."

통제 요원의 설명이 끝나기 무섭게 200여 기의 요격 미사일과 100여 기의 K-9 광자미사일이 우주공간에서 부딪혔다.

엄청난 폭발음과 화염이 일어났다.

폭발의 구름이 화면을 가득 메웠다.

모두 안도의 한숨을 쉬었다. 그 순간이었다.

"요격 실패!"

통제 요원의 날카로운 보고가 뒤따랐다.

"적 미사일 6기가 요격을 벗어나 접근 중입니다!"

"피격 60초 전!"

"적색경보를 울리고 충돌에 대비한다."

"호위 순양함에서 추가로 요격 미사일을 발사했습니다. 그러나 거리가 너무 가까워 요격 실패가 예상됩니다."

"충돌 40초 전!"

호위 순양함에서 발사된 요격 미사일 6기가 고속으로 접근하는 최후의 미사일 6기에 접근했다. 그러나 너무 근접한 상태이므로 모두 빗나가고 허공에서 폭발하고 말았다. 또한 프린세스 1호도 레이저 포를 이용해 근접 파괴를 시도하였으나 모두 실패하고 말았다.

"충돌 10초 전!"

폭음과 함께 눈부신 섬광이 번쩍하였다.

1발은 기함 프린세스 1호의 좌현에 명중했고, 2발은 호위 순양함 2척에 각각 명중했으며, 나머지 3발은 프린세스 1호의 상부 갑판에 각각 명중했다. 순식간에 1,000만°C의 엄청난 고열이 발생하면서 호위순양함 2척은 완전히 기능을 상실하고 불바다가 되었으며, 은하연맹의 기함 프린세스 1호도 강력한 양자 방어막을 가동하였으나 폭발로 인해 명중한 곳 주변은 화재와 함께 우주공간으로 커다란 불기둥이 솟아올랐다.

"피해 상황을 보고하라."

"지금은 통신이 불가능합니다."

미사일이 폭발한 지점은 지진이 일어난 것 같았다. 기함 프린세스 1호의 외벽이 갈라지고 불기둥이 수십 미터나 솟아올랐다. 그때였다.

"지휘 본부 나오라. 여기는 제2 군단의 사령선 감마호다."

"보고하라."

"적의 폭격기 사단과 대치하고 있다."

"적의 동향은?"

"즉시 공격을 가할 태세이며, 서서히 아군 전면으로 밀려오고 있다."

프린세스 1호는 심각한 타격을 받아 최전선에서 전투 지휘를 할 여유가 없었다.

"지휘 본부는 제2 군단 사령관인 '레이' 장군에게 작전권을 위임한다. 귀관의 판단에 따라 전투를 수행하라."

"알겠습니다."

"사령관 각하, 지금 좌우측에서 공격해오는 제국 함대를 저지할 방어군을 신속히 편성하여 출격시켜야 합니다."

트로아 사령관은 곧바로 전투 홀로그램을 보면서 명령했다.

"제1 군단 사령관 갈리아 장군은 우주항공모함 플로트호와 구축함 10척, 그리고 우주어뢰정 150척 및 전투기 2,500대로 좌측으로 공격해오는 은하제국 함대를 격파하시오. 제3 군단 사령관 볼리바르 장군은 우주항공모함 사르호와 구축함 10척, 미사일 순양함 6척과 호위함 10척 및 전투기 3,000대로 우측으로 공격해오는 제국의 침략군을 격파하시오."

"네, 즉시 출격하겠습니다."

볼리바르 장군은 약간은 우스꽝스럽게 생긴 머리를 앞으로 까딱 움직이면서 오른손을 로마시대 병정처럼 왼쪽 심장 있는 쪽에 갖다 대면서 경례를 하였다.

"제2 군단 작전 사령실이다. 지금부터 은하제국의 폭격기 사단을 공격하겠다."

"승리를 기원한다."

연맹의 전투상황실장 '리칭' 장군이 격려의 목례를 하였다.

"전 구축함은 폭격기를 향해 공격 가능한 모든 무기 체계로 요격을 실시하라. 또한 X-14 전투기 연대는 항모에서 이륙하여 은하제국의 폭격기를 모두 격추하라."

2군단 레이 장군은 신속하고 분명하게 전투 명령을 내렸다. 그 즉시 다가오는 은하제국의 블랙몬스터 폭격기를 향해 일시에 수백 발의 근거리 공대공 미사일이 발사되었다.

그와 때를 같이하여 X-14 전투기 연대는 급강하 비행을 하면서 고속으로 은하제국의 폭격기 사단을 위에서 아래로 강습하면서 레이저 기관포와 전자에너지 기관총을 난사하면서 공격을 시작했다. 수백 발의 근거리 미사일이 제국의 블랙몬스터 폭격기 주변에서, 혹은 동체에 명중해서 폭발했다.

"미사일에 명중되어도 블랙몬스터가 격추되지 않는다!"

"아니!?"

제2 군단 레이 장군은 경악을 금치 못하였다.

여러 발의 미사일을 맞은 폭격기도 일부만 파손되었을 뿐, 바로 격추되거나 폭발하지 않았다. 또한 X-14 공격기의 강력한 레이저 포와 펄스 에너지 기관총의 공격에도 파괴되지 않았다.

"큰일이다. 본부! 본부 나와라!"

"지휘선 감마호다 보고하라."

전투기의 편대장 머쉬 중위가 긴급히 보고를 하였다.

"적의 폭격기는 강력한 쿼크 반물질 입자 방어막과 우리가 알 수 없는 특수재료로 장갑을 설계한 최신 폭격기로 판단한다. 때문에 우리의 무기 체계로는 격파할 수가 없다!"

수행 참모가 급히 레이 장군에게 바짝 붙으면서 보고했다.

"장군, 즉시 방어군을 후퇴시켜야 합니다."

"그렇습니다. 매우 위험한 상황입니다."

"전원 본대로 귀환한다. 다시 명령한다. 즉시 공격을 중지하고 귀환한다."

그러나 그 순간 은하제국의 폭격기 3,000대가 일제히 반격을 가하였다.

블랙몬스터는 레이저 포 2문과 에너지빔 기관총 6문, 그리고 공중전용

다목적 미사일 20발로 무장하고 있기 때문에 폭격기이면서도 구축함과 같은 함선의 기능을 갖고 있었다. 또한 최신 입자 물리 기술로 기존의 양자 방어막보다 2배 정도 강력한 쿼크 반물질 입자방어막을 가동하며, 어지간한 미사일이나 레이저 포로는 동체를 관통하거나 파괴할 수 없는 장갑으로 방호되어 있었다.

3,000여 대의 블랙몬스터 폭격기에서 발사한 레이저 포와 에너지빔, 그리고 소형미사일에 의해 100여 대의 X-14 전투기가 완전히 파손되어 조종사가 전사하거나 부상을 당하였다. 그야말로 비참한 전투상황이었다.

레이 장군은 후퇴 명령을 내렸으나 후퇴할 시간적 여유가 부족했다.

이어지는 블랙몬스터의 공격에 미처 후퇴하지 못한 X-14 전투기가 70여 대 파괴되었다.

참담한 패배였다.

"최대한 빠른 속도로 귀환한다."

살아남은 2군단은 마치 쫓겨나듯이 본대로 귀환했다. 그나마도 대함미사일로 집중 공격을 받은 함선들은 심각한 손상을 입어 화재가 발생하거나 지속적인 폭발이 일어나서 후퇴도 하지 못했다. 그 위에 은하제국의 폭격기 사단이 무차별 폭격을 가해 은하연맹의 제2 군단의 중추인 항공모함 렉산호가 격침되고 함대는 대부분 격파되면서 막대한 피해를 입었다.

프린세스 1호의 전투상황실.

"긴급 상황이다. 좌현의 격납고 문을 신속히 개방하여 후퇴하는 아군이 착륙할 수 있도록 한다."

"알았다. 지금 격납고 문을 개방한다. 착륙 활주로를 확인하라."

살아서 돌아온 X-14 근거리 전투기는 불이 붙은 채 착륙한 것을 비롯해 연신 연기를 뿜으면서 착륙하는 등 손상을 입은 전투기가 많았다.

"격납고 문을 폐쇄한다."

"사령관 각하, 폭격기 사단이 접근 중입니다. 앞으로 15분 후 프린세스 1호를 직접 폭격할 것입니다."

"좌현과 우현의 은하연맹 방어군이 전투를 시작하였습니다."

"전투 전망은?"

"슈퍼컴퓨터의 자료상으로는 현재 명확치 않습니다. 양측 모두 상당한 공격을 감행하여 일단 공격과 방어에 따른 화력 시범 양상을 띠고 있습니다."

"현재 양측 모두 미사일을 발사하면서 기선을 잡으려고 하고 있습니다."

"은하연맹의 총사령관 트로아 장군이다. 제1 군단 사령관 갈리아 장군과 휘하 전사들 모두가 적의 공격을 분쇄하고 승리하기를 기원한다. 제3 군단 사령관 볼리바르 장군과 휘하 전사들 모두가 승리의 축배를 들 수 있기를 바란다. 모든 전쟁 수행 권한을 갈리아 장군과 볼리바르 장군에게 부여한다."

"반드시 승리하겠습니다. 총사령관 각하!"

두 장군은 전쟁 상황관의 홀로그램 스크린에 경례를 하면서 힘 있게 대답하였다.

그러나 두 사람의 표정은 죽음을 예감한 듯 사뭇 엄숙하였다.

"아군의 제2 군단을 돌파한 제국의 폭격기 사단이 이 지역으로 진입하기까지 10분 남았습니다."

"공격 대응 시간, 앞으로 6분 남았습니다."

한편 소행성 R-17.

여전히 자력폭탄을 사이에 두고 총격전이 벌어지고 있었다.

은하제국의 비행사가 지원군을 요청하고 있었다.

"이곳은 소행성 R-17! 은하연맹으로 보이는 침투부대와 전투를 벌이고 있다! 즉시 지원을 바란다!"

이키 소령은 부상당한 팔을 붙잡고 분대원을 독려했다.

"모두 철수하라. 제국군의 지원부대가 도착하면 끝장이다."

"대장, 함께 돌아가든지 여기서 같이 죽든지 하겠소."

"곧 자력 폭탄이 폭발합니다. 이제 1분 30초 남았습니다."

모두 시계를 보고 있었다.

우주시간 KS 17시 35분. 그 운명의 시간을….

"적 전투기가 나타났다."

머리 위로 은하제국의 지원 전투기가 4대가 나타났다.

"이러다가 자력폭탄이 파괴되겠다."

"이키 대장! 내가 펄사 7호를 타고 적 전투기와 공중전을 하여 시간을 끌겠다."

부조종사 '픽스'가 일어나 펄사 7호로 뛰어갔다.

이키 소령은 아무 말도 할 수 없었다. 펄사 7호가 이륙하였다. 바로 공중전이 벌어졌다.

가지고 있는 모든 무기 체계를 사용해도 펄사 7호가 은하제국의 전투기를 상대하는 건 어려운 일이었다. 펄사 7호는 초공간 비행용으로 개발된 이동을 위한 비밀병기이지, 전투용으로 제작된 것이 아니기에 성능이 훨씬 떨어지는 것이었다. 그러나 적의 이목을 끌기에는 충분하므로 은하제국의 전투기를 딴 곳으로 유도하는 데는 성공하였다.

부조종사 픽스는 에너지 기관총 1문으로 은하제국의 전투기와 교전을 벌였다. 그러나 은하제국이 자랑하는 레드스타 전투기의 상대가 되지는 못했다. 곧바로 집중 공격을 수차례 받았다. 그와 동시에 왼쪽 날개와 동체하부에 적의 에너지 빔 공격을 받고 파손되어 불길에 휩싸였다.

"완전히 격추시켜라."

제국군의 편대장 격인 조종사가 부하 조종사에게 지시를 내렸다.

"알겠습니다. 미사일 한 방 먹여야겠다. 그러면 가루가 되겠지."

버튼을 누르니 미사일이 자동으로 장착되면서 발사 대기 모드로 전환되었다.

불타고 있는 펄사 7호는 이미 전투력을 상실한 상태였다. 서서히 R-17호 소행성 표면 위로 추락하고 있었다. 그렇게 추락하는 펄사 7호를 향해 제국군의 전투기에서 발사된 미사일이 날아갔고, 그 결과 펄사 7호는 파괴되었다.

"대장, 폭발 10초 전이다."

"모두, 저세상에서 만나자. 뛰쳐나가 적을 공격하여 그들의 주의를 붙잡아 자력폭탄이 제대로 폭발할 수 있도록 해야 한다."

모두의 눈동자에 눈물이 맺혔다.

이키 소령은 자신의 죽음보다도 부하들의 죽음이 더 고통스럽고 참을 수가 없었다.

"우주시간 KS 17시 35분까지 이제 6초 남았다."

이키 소령은 시계를 보면서 죽음을 받아들일 준비를 하였다.

다시금 전쟁 지역.

은하제국의 폭격기 사단은 죽음의 그림자를 담은 구름처럼 은하연맹의 기함 프린세스 1호 쪽으로 밀려오고 있었다. 그것은 공포였다.

제국의 고르곤 황제는 우주의 기괴한 물고기와 각종 희귀한 애완용 동물로 가득 찬 대형 어항에 먹이를 주면서 자신감에 가득 찬 표정으로 스크린을 보며 지시를 내렸다.

"계속 전진하여 은하연맹의 머리 위에 융단 폭격을 가해 쑥대밭으로 만들어라."

스크린 하단에는 폭격기 사단의 지휘관인 '제크' 장군이 전투상황실에서 고르곤 황제에게 충성스런 보고를 하였다.

"황제 폐하께 적이 궤멸하는 장면을 보여 드리겠습니다."

은하연맹 기함 프린세스 1호의 전투상황실은 긴급하게 전략을 세우고 있었다.

"공격 대응 시간 5분 30초 남았습니다."

전투 통제 요원의 긴박한 보고가 상황실 내에서 울려 퍼졌다.

"총사령관 각하! 빨리 방어 전략을 수립하여야 합니다."

나트는 초조한 표정으로 트로아 장군을 바라보았다.

"각하. 일단 광자 미사일을 발사하여 적 폭격기 사단의 전진을 막으면서 직접적인 교전 시간을 미루는 작전을 전개하는 것이 우선 필요합니다."

부참모 메르츠가 조급한 표정을 지으면서 건의하였다.

트로아 장군은 주변의 참모를 쳐다보면서 결연한 어조로 지시하였다.

"양자 방어막의 출력을 최대한 증가시켜서 폭격의 피해를 줄이도록 한다."

그러면서 전투상황 홀로그램 스크린을 곁으로 주시하면서 계속 지시하였다.

"적의 폭격기가 두르고 있는 장갑과 방호막을 무력화시키고 격추할 수 있는 방도를 양자 컴퓨터로 찾아내도록."

"알겠습니다. 사령관 각하!"

나트가 신속히 대답하였다.

숨 막히는 시간이 10초 정도 흘렀다.

트로아 장군은 잠시 제국의 폭격기를 스크린으로 응시하였다. 그는 급박한 전투상황에서 문득 블랙몬스터를 고열로 녹이는 상상을 하였다.

"지금 즉시 A-6호 근거리 미사일에 열화 핵분열 시스템을 증강시킨 프로그램을 입력하여 발사하도록 한다."

"알겠습니다. 발사 기수는 1차로 적의 폭격기 사단의 2배인 6,000기로 하겠습니다."

참모 나트는 어떤 질문도 없이 그대로 명령을 복창했다. 이런 상황에서 질문이나 토론은 소용이 없고, 오직 신속한 대응만이 최선이기 때문이었다.

"그렇게 하시오."

"미사일 통제실에 명령한다. 열화 핵분열 기능을 증강토록 프로그래밍하고 근거리 미사일 A-6호 6,000기를 발사한다."

"알겠습니다."

미사일 발사 통제실의 장교가 신속히 보고했다.

"15초 후에 600기씩, 5초 간격으로 10회 연속 발사합니다."

"발사를 승인한다."

나트는 즉시 승인하였다.

참모 나트가 트로아 장군 앞으로 다가가면서 신중한 표정으로 보고하였다.

"양자 컴퓨터로 폭격기의 약점을 분석하고 있습니다. 그러나 쉽게 해결될 것 같지 않습니다."

"시간이 없소, 최대한 노력하시오."

"알겠습니다."

"미사일 발사되고 있습니다."

트로아 장군은 통제 요원의 보고를 들으면서 생각을 정리하고 있었다.

"열화 기능이 강화된 미사일이므로 적 폭격기에 명중하거나 근거리에서 폭발할 시 0.7초 동안 300만℃의 고열을 방사하게 됩니다."

트로아 장군은 고개를 조금 끄덕이면서 참모진을 보면서 의견을 말했다.

"적의 장갑화된 폭격기도 초고열의 미사일 충격에는 장갑 방호기능이 저하되리라 판단해서 그렇게 한 것인데, 실제 결과를 지켜보면서 대응합시다."

참모들은 말이 없었다. 자신이 없었기 때문이다. 적 폭격기의 방호능력이 폭발이나 충격을 견디는 단순한 장갑 기능은 아닐 것이라는 생각이 지배적인 상태였다.

그 사이 요격용 A-6호 미사일이 우주공간을 고속으로 가로지르며 날아갔다.

"대장! 적의 요격 미사일이 접근 중입니다."

"몇 기나 날아오는가."

"6,000기 정도가 접근 중입니다."

"흐흐흐. 최첨단 장갑 방호 기술로 무장한 무적의 폭격기를 그까짓 근거리 요격 미사일로 막아보시겠다고?"

"대장! 충돌 1분 30초 전입니다."

"모든 폭격기는 은하연맹의 미사일에 대응하기 위해 방어시스템을 작동시켜라. 1차로 고에너지 요격 미사일을 적 미사일의 접근 경로에 7,000발 발사한다. 그리고 장갑 방호 기능을 최고로 상승시키도록 하라."

"알겠습니다, 대장!"

은하제국의 폭격기 조종사들은 자신에 찬 목소리로 답변하였다.

그 후 은하제국의 폭격기 편대에서 고에너지 요격 미사일 7,000발이 은하연맹의 요격 미사일 경로로 발사되었다.

프린세스 1호의 전투상황실에서는 구성원 모두가 초조한 표정으로 홀로그램 스크린을 지켜보고 있었다.

"양자 컴퓨터의 시스템 분석 결과, 별다른 대응 전략이 없는 것으로 나왔습니다."

나트가 광입자 보고서를 보면서 보고하였다.

"정말 큰일이군…."

트로아 장군은 난감한 표정으로 지으면서 스크린을 주시하였다.

"이제 남은 희망은 하나뿐이다. 미사일이 적 폭격기에 명중할 때 초고열이 발생할 것이고, 이 열에 의해 적기의 장갑 방호 기능이 약화되면서 폭발하는 걸 기대할 수밖에 없다."

"사령관 각하!"

통제 요원의 다급한 목소리였다.

"보고하라."

"좌측과 우측으로 공격해오는 은하제국 함대와의 교전이 격화되었습니다."

"우리 은하연맹은 고속 어뢰정을 이용하여 적 함대로 돌진하고 있으며, 은하제국에서는 전투기가 이륙하여 아군 함대를 향해 날아오고 있습니다."

"우리는 제1 군단 사령관 갈리아 장군과 제3 군단 사령관 볼리바르 장군의 선전을 기대할 수밖에 없다. 모두 두 사람과 참전 용사들의 용기에 격려를 보내자."

아무도 말이 없었다.

전투 홀로그램 스크린에는 좌현과 우현에서 벌어지는 처절한 함대 사격과 수만 대의 전투기가 벌이는 가공할 전투 장면이 비치고 있었다.

"우리의 미사일이 은하제국 폭격기의 고에너지 요격 미사일에 파괴되고 있습니다."

"적의 고에너지 요격 미사일이 아군 미사일의 폭발 열에 역으로 자동 파괴되고 있습니다."

"다행이군."

트로아 장군은 통제 요원의 보고를 들으면서 혼잣말로 낮게 말했다.

"적 폭격기의 요격 미사일 지대를 통과한 미사일은 1,200기입니다."

"충돌 40초 전입니다. 적 폭격기에서 근거리 에너지 기관포가 발사되고 있습니다."

"근거리 에너지 포에 다수의 미사일이 파괴되고 있습니다."

"이제 충돌 10초 전입니다."

숨 가쁘게 작전 상황을 알리는 통제 요원의 목소리가 상황실에 울려 퍼졌다.

그 순간 화면에서 엄청난 광선과 함께 초고온의 열을 방출되었다. 요격에 살아남은 1,000기 정도의 미사일이 적 폭격기에 직접 명중하거나 근거리 폭발을 한 것이다.

"적 폭격기가 아군의 열화 미사일의 강력한 초고온 열에너지에 파손되고 있습니다."

과연 상당한 효과가 있었다. 충격에는 강하지만 수백만℃의 초고온에는 내부 시스템이 손상되거나 장갑이 녹아 내려 폭발하는 폭격기가 많았다.

"아군의 미사일 공격에 300여 대가 격추되었습니다! 그러나 2,700대는 계속 전진해오고 있습니다!"

"즉시 프린세스 1호의 모든 대공 방어체계를 가동한다. 모든 호위함은 일단 피해를 줄이기 위해 본 기함에서 멀리 떨어지도록 하고 공격 후를 대비한다."

"2분 30초 뒤에 적 폭격기의 직접적인 공격이 개시됩니다."

"총사령관 각하."

트로아 장군은 아무 대답 없이 사피아노 천문관을 바라보았다.

"지금 은하제국의 폭격기 2,700대와 대적할 경우 엄청난 인명 손실이 예상되며, 프린세스 1호의 전투력 상실이 우려됩니다."

모두 아무 말 없이 사피아노 천문관을 바라보았다.

"제 생각에… 적군은 공격에만 집중하고 있습니다. 이때 양자 바이러스 파동을 적 폭격기 사단에게 발사하여 그들의 컴퓨터 시스템을 혼란에 빠뜨려서 폭격 시간을 지연시켜야 합니다."

트로아 장군은 스크린을 주시하고 있었다. 그러나 여전히 사피아노 천문관의 의견을 듣고 있었다.

"폭격 2분 전. 아군의 대응 공격이 필요합니다!"

"즉시 폭격 방해 풍선을 1만 개 이상 띄운다. 그리고 적 폭격기를 향해 신종 양자 바이러스 파동을 탑재한 통신 교란용 양자 바이러스 미사일 500기를 발사토록 한다."

"알겠습니다."

"즉시 사령관의 지시대로 수행한다."

기함 프린세스 1호의 지붕에서 원통형의 길쭉한 관 수백 개가 솟아올랐다. 그리고 비눗방울처럼 금속성 풍선이 계속 쏟아져 나왔다. 이 풍선은 강력한 자기장을 방출해 적이 투하하는 폭탄이 풍선을 비행물체로 오인하도록 만들어 공중에서 폭발하도록 유도하는 것으로, 일종의 자살 풍선인 셈이다.

순식간에 기함 프린세스 1호의 지붕 위와 주변이 자살 풍선으로 가득 찼다. 그리고 미사일 발사센터에서는 신속하게 통신 교란용 양자 바이러스 미사일이 발사되어 은하제국의 폭격기 앞에서 분해되었고, 바다 속의 성게처럼 생긴 통신 교란용 양자 바이러스 폭탄이 500여 개나 설치되었다.

호위 구축함은 기함 프린세스 1호에서 멀리 이동하였다.

"아니, 이것이 전부 무엇이냐?"

폭격기 사단의 사령관 제크는 스크린에 비치는 성게처럼 생긴 비행 물체를 보면서 부하를 다그쳤다.

"강력한 교란 전파가 나오고 있는 것으로 보아, 통신 교란용 바이러스 폭탄 같습니다."

"야, 그까짓 것 모조리 부숴버려!"

"대장! 그래도 조심해야 합니다."

"눈앞에 우리의 목표인 프린세스 1호가 보인다. 통신 교란 작전도 이제는 무용지물이야."

"공격하여 파괴하겠습니다."

"즉시 이행토록 하라."

"전 편대에 알린다. 통신 교란용 바이러스 폭탄은 발견 즉시 파괴하도록 하라."

각 폭격기에서 레이저 포가 발사되었다.

그러나 레이저 포가 명중하면서 바이러스 폭탄이 폭발하는 바로 그 순간, 양성자 바이러스 파동이 엄청난 속도로 폭격기의 통신장비 컴퓨터를 강타하였다. '슈아-악' 하는 굉음과 함께 강력한 입자 파동이 은하제국의 폭격기 사단을 강타했던 것이다. 그 충격파는 제국의 비행사들이 느낄 수 있을 정도였다.

입자 파동은 일종의 전자 바이러스 충격파로, 은하제국의 블랙몬스터 폭격기에 내장된 양자 컴퓨터의 명령체계에 침입하여 전자의 속도를 느리게 하고, 특수한 파동 형식을 갖춘 양자 입자는 모든 통신 장치의 전자기적 평형을 순간적으로 상실토록 하였다.

이 바이러스 충격파는 컴퓨터의 기능을 복구하는데 상당한 시간, 예를 들면 5분~8분 정도의 시간을 소모하도록 만드는 것이다. 평시라면 문제가 아니지만, 매 순간 상황이 바뀌는 전투 상황에서는 매우 위험한 순간을 만들어내는 것이다.

"사령관님, 컴퓨터의 작동 중지로 공격이 불가능합니다."

"도대체 어떻게 된 것인가!"

"아마 강력한 입자 파동을 방출하는 바이러스 폭탄 같습니다."

"복구 시간은?"

"최소 5분에서 최대 8분이 소요됩니다."

"즉시 복구토록 하고, 폭격은 수동조작으로 진행한다."

"그것도 어렵습니다. 비행체계가 마비되어 공격 각도와 폭격 시스템을 작동할 수 없습니다."

은하제국 폭격기 사단 작전 참모의 황급한 보고였다.

프린세스 1호의 전투상황실.

"성공입니다. 은하제국의 폭격기 사단의 전진이 중지되었습니다."

"복구 예상 시간은?"

"예, 슈퍼컴퓨터 분석에 의하면 최소 5분에서 최대 8분 정도 복구에 시간이 소요될 것으로 보입니다."

"그렇다면…"

트로아 장군은 급박한 현 상황에서 탈출하기 위해 오른손을 쥐면서 상황실 책상 주위를 한 바퀴 돌았다.

"사령관 각하!"

"시간이 없습니다. 함대의 피해를 줄이기 위해서라도 미사일을 추가로 발사하고 전투기를 통한 직접 공격을 해야 합니다."

"전투기를 통한 직접 공격은 이미 실패하였지 않소? 오히려 아군의 희생만 늘 뿐이오."

"미사일 발사를 통한 저지력 확보가 필요합니다."

"남아 있는 공격용 미사일은?"

"예, K-9 중거리 공격용 미사일은 이제 600기가 남았습니다. 다만 우주 횡단용 미사일은 3,000기가 남았습니다. 그 외 각종 특별한 미사일은…."

"아, 알겠소. 중거리 공격용 미사일 600기는 아껴야 합니다."

"사령관 각하!"

나트는 작심한 듯 거들었다.

"공격용 고속 어뢰정이 본 기함에 800대 있습니다. 이 어뢰정은 함대 공격용이기는 하나, 폭격기에 기습공격을 가하는 정도는 가능하리라 생각됩니다."

"고속 어뢰정이라…. 나트, 고속 어뢰정의 무기 체계로 강력한 신형 장갑으로 무장하고 있는 적 폭격기를 뚫을 수 있겠소?"

"예. 조금 전 다시 시도한 슈퍼컴퓨터의 분석에 따르면, 함대 폭파용 드릴 어뢰로 공격할 시 폭격기의 외부 특수금속을 어느 정도 관통할 수 있다고 합니다."

"적 폭격기 사단의 통신체계와 컴퓨터 통신이 복구되고 있습니다!"

또다시 위기가 오고 있었다.

통제 요원의 보고에 상황실의 모든 사람은 다시 다급한 심정이 되었다.

"좋소, 고속공격용 어뢰정 800대의 출격을 허락합니다."

"감사합니다."

"격납고에 대기 중인 KT-700 어뢰정 함대는 즉시 이륙하여 적 폭격기 사단의 공격을 봉쇄하라."

"알겠습니다."

격납고에 비상대기 중이던 KT-700 어뢰정이 활주로로 미끄러져 들어왔다. 그 직후 갑판의 격납고 문이 열리면서 반짝이는 별들이 보였다.

"사령관 각하! 현재 좌현과 우현의 전쟁 상황이 매우 심각합니다. 좌현의 제1 군단 갈리아 장군의 항모 플로트호가 파괴되어 장군과 탑승한 은하연맹의 병사 36,000여 명은 전사하였으며, 함대도 대부분 파괴되어 전투 수행이 어려울 정도입니다."

"제3 군단 쪽 상황은?"

"예, 3군단 볼리바르 장군과는 현재 통신이 두절된 상태입니다."

이러한 급박한 상황에도 은하제국 폭격기 사단의 융단 폭격이 시작되었다. 헤아릴 수 없을 정도로 수많은 폭탄이 투하되었다.

먼저 폭탄 유도풍선이 맞이하였다. 폭탄 유도풍선은 우주공간에서 소규모 중력장을 형성하면서 지표면이나 함대, 또는 비행기 등으로 오인하도록 하여 오폭을 유도하며, 탑재된 전자교란 장치에서 나오는 특수 뉴트리노 파동은 폭탄의 기폭장치에 침입하여 우주공간에서 자동적으로 폭발하도록 만들어 폭격으로 인한 피해를 줄이는 것이다.

프린세스 1호에서 발사된 각종 근거리 자동 레이저 기관포와 요격 미사일이 우주공간을 메우면서 은하제국의 폭격기에 명중했으나 워낙 강력한 장갑 방호 시스템으로 무장하고 있어 쉽게 격추되지 않았다. 폭탄 유도풍선과 폭격으로 인한 공중폭발, 레이저 포와 각종 에너지 포의 난사, 요격 미사일과 폭격기의 충돌 등으로 은하연맹의 기함 프린세스 1호 상부와 주변은 그야말로 생지옥과 같은 불바다를 연출하고 있었다.

그러나 은하제국의 블랙 몬스터 폭격기에서 워낙 다량의 폭탄이 투하된 탓에 기함 프린세스 1호의 갑판에서 엄청난 폭발이 일어났고, 함선의 여러 곳이 갈라지면서 화재가 발생했다. 승무원들은 폭격으로 인해 사망하거나 화재로 인해 불타 죽거나 우주공간으로 튕겨 나갔다. 결과적으로 많은 수의 은하연맹 병사가 전사하였다.

프린세스 1호의 상부 갑판은 폭격으로 인해 참혹하게 파괴되었고 많은 사람이 목숨을 잃어서 피바다가 되었다.

1차 폭격기 편대가 기함 프린세스 1호를 절반쯤 지나갔을 때, 제2진인 500대가 다시 폭격을 시작하였다. 그때, 긴급 출동한 은하연맹의 고속 어뢰정 함대가 전투 지역 상부에서 제국의 폭격기 사단 정면으로 급강하 하여 폭격기 부대의 전진을 막고 거머리처럼 생긴 드릴을 수천 발 발사하였다.

"원수 같은 은하제국 놈들아! 죽어라! 죽어!"

은하연맹의 어뢰정에 탑승한 병사는 어뢰를 쏘면서 소리를 질러대었다.

드릴 어뢰는 특수 철갑으로 방호 되어 있어서 일단 발사되면 상대의 공격에도 잘 파괴되지 않으며, 비행기나 함선에 달라붙어 어뢰에 장착된 특수드릴로 구멍을 내고 그곳으로 고폭탄을 투입하여 상대를 폭파하는 방식의 무기로 상당히 고전적이지만 특별한 상대와 싸울 때에는 효과가 있는 무기 체계였다.

완전히 난장판이 된 기함 프린세스 1호의 상부 갑판에서 더 진한 불길이 솟아올랐다.

최후의 드릴 어뢰 공격으로 블랙 몬스터 폭격기 1,800대가 파괴되었으나, 은하제국 폭격기의 공격으로 은하연맹의 어뢰정 800대도 모두 파괴되었다.

고속 어뢰정의 경우 탑재하고 있는 어뢰 6기 외에는 자위용 레이저 포 1 문이 무장의 전부로, 공중전이나 일반적인 교전 시에는 전투력이 거의 없기 때문에 은하연맹 어뢰정 함대의 전멸은 사실상 예정된 결과였다.

"적의 폭격기 사단이 폭격을 종료하고 빠른 속도로 귀환하고 있습니다."

"피해 상황은?"

"기함의 상부 갑판 30%가 파괴되었으며 전사자는 현재 7만 5,610명입니다. 또한 기함의 통신시설 20%가 손상되었고 격납고의 함재기 460대가 파괴되었으며 미사일 발사 시스템의 10%가 손상되어 전투력이 급격히 떨어졌습니다. 교전에 참가하였던 아군 전투기 340대가 격추되었으며 800대의 어뢰정 병사들은 전원 전사하였고 함대는 구축함과 순양함을 합하여 8대가 파괴되었습니다."

너무나 엄청난 인명 피해와 전투력 손실에 모두 망연자실하였다.

"적군의 피해는?"

"최초 폭격에 참가한 3,000대 중 살아남아 귀환한 폭격기는 800대 정도입니다."

"신속히 자동 복구시스템을 작동하고 화재 진압과 전사자의 격리를 실시하며 부상자의 치료에 전력을 다한다."

프린세스 1호의 기함 내부 각 유니트에서는 전사자의 이송과 부상자의 치료가 시작되었고, 승무원은 전부 피범벅이 되어 있었다.

"사령관 각하."

트로아 장군은 대답 없이 몸을 돌렸다.

나트 작전 참모였다.

"각하! 보복 공격을 즉각 실시할 것을 건의합니다."

"말씀하시오."

"은하제국의 전투력은 우리 은하연맹보다 월등히 높습니다. 때문에 함대 공격이나 미사일 등은 효과가 없습니다."

트로아 장군은 듣고만 있었다. 다른 참모들 역시 가만히 앉아 있었다.

"제 생각에는 우주 횡단 미사일 2,000기를 발사한 뒤 특수부대를 보내

적 기함 데빌리스 1호에 침투하여 교두보를 확보한 다음 게릴라전을 전개하면서 기함을 파괴하는 것이 상책으로 보입니다."

"게릴라 작전이라…."

"사령관 각하!"

다급한 상황실 병사의 목소리가 들려 왔다.

트로아 장군은 뒤돌아보았다.

"아군의 좌현과 우현 방어선이 완전히 붕괴되었습니다."

"……."

모두 말이 없었다.

"좌현과 우현의 항공모함과 구축함이 모두 화면에서 사라졌습니다."

"소수의 아군이 항복하였으나 적군은 받아들이지 않고 무차별 공격을 가하였으며, 그 결과 거의 모든 전사가 전사하였고 탈출하여 살아남은 극소수의 부대원만이 귀환하고 있습니다."

"은하제국의 기함 데빌리스 1호와 아군을 격파한 은하제국 선발부대가 합류할 조짐을 보입니다."

"적의 전력은 전쟁 개시 전 10배 우위에 있었고, 지금도 우리 은하연맹보다 약 7배 정도 우월한 위치에 있습니다. 슈퍼컴퓨터의 분석에 의하면 우리가 승리할 확률은 3%, 패전하여 전멸할 확률은 97%로 나타났습니다."

통제 요원이 스크린과 슈퍼컴퓨터로 전투상황을 분석하면서 계속 전황을 보고하였다.

"앞으로 1시간 뒤, 은하제국의 모든 부대가 합류하여 우리 은하연맹군을 향한 최후의 공격을 감행할 것으로 판단됩니다."

"은하제국의 외곽 함대가 합류하기 위하여 고속 이동을 시작했습니다."

"자, 앞으로 60분 후에 적의 총공격이 예상되오. 각자 의견을 말씀해보시오."

트로아 장군은 참모진을 둘러보며 초조한 표정으로 말을 꺼냈다.

"지금 이 순간은 물러서지 말고 보복 공격이 필요합니다. 미사일 공격을 진행함과 동시에 혼란한 틈을 이용하여 특수부대를 적 기함에 침투시켜 게릴라전을 전개해야 합니다. 그들을 통해 적의 기함을 파괴하면서 전쟁의 국면을 은하연맹에 유리하도록 이끌어야 합니다."

나트 수석참모의 강력한 의견이었다.

"특수지원단의 트러거입니다. 아시다시피 미사일 공격은 통상적인 전술입니다. 그러나 적의 공격 시간을 지연시키기 위한 방법은 될 수 있습니다."

"사령관 각하! 일단 은하연맹 함대의 전열을 신속히 정비하여 지휘체계를 확보하여야 합니다. 지금 제1 군단과 제3 군단은 사실상 모든 함대가 파괴되었으며, 일부 생존자가 프린세스 1호로 귀환하고 있습니다."

사피아노 천문관의 조언에 모두 숙연해졌다.

트로아 장군은 주위를 한번 둘러보았다.

그리고는 천천히 자신의 전략을 이야기하였다.

"모두 좋은 의견입니다. 그러면 가장 먼저 은하연맹의 전투부대 편성을 말씀드리겠습니다."

모두 장군의 입만 쳐다보고 있었다.

스크린에 비치는 은하제국 함대의 이동 장면을 보면서 트로아 장군은 이야기했다.

"기함 프린세스 1호는 제일 선두에서 적을 공격합니다. 그리고 우리 은하연맹 함대는 삼각형 형태를 이룬 채 적의 심장부까지 돌진합니다. 기함의 후방에서 재편성된 제2 군단 함대가 이동하며, 좌측에는 호위 구축함 X-27을 지휘선으로 하여 제6 함대, 제9 함대와 살아남은 제1 군단 소속의 전투 부대로 편성합니다. 그리고 우측은 호위 구축함 K-97함을 지휘선으로 하여 제18 함대 및 제20 함대와 생존한 제3 군단 소속 부대로 편성합니다."

"알겠습니다."

"신속히 대열을 정비하도록 하고 구축함 X-27의 함장 '크렌츠' 장군과 K-97함의 함장 '로렌스' 장군은 최고의 능력을 발휘하여 전쟁을 승리로 이끌어주시길 부탁합니다."

"알겠습니다. 사령관 각하."

"이 전투는, 우리 은하연맹 소속 행성의 280억에 달하는 인류가 멸망하여 은하제국의 노예가 되느냐 아니면 살아남느냐를 결정할 중대한 전투가 될 것입니다. 1차 전투에서는 우리의 손실이 막대했습니다. 그러나 평화와 자유를 지키기 위해, 먼저 우주에서 산화한 은하연맹의 전사들을 위해 이번 전투에서는 적을 격파하고 반드시 승리해야만 합니다."

"……."

모두 말없이 트로아 장군을 지켜보고 있었다.

"각하, 은하제국의 함대가 모두 합류하여 우리 은하연맹군의 전면으로 진격해오고 있습니다."

"규모는?"

"컴퓨터 분석에 의하면 1차 전투가 끝난 현재 은하제국의 병력은 기함 데빌리스 1호와 항공모함 24척, 전투기 약 120,000만 대, 구축함 및 순양함 602척, 수송선단 80척, 각종 특수함정 800척 정도이며 전투병 470만 명에 보조 인력 300만 명 정도로 추정됩니다."

"은하연맹은 기함 프린세스 1호와 구축함 23척, 순양함 27척이 남았으며 항공모함은 모두 파괴되었습니다. 남아있는 수송선 및 보조함대는 약 30척, 전투기는 15,000대 정도입니다. 전투병은 180만 명 정도이고 보조 인력은 60만이 채 못 됩니다."

분석 요원의 보고가 간단히 끝났다. 1차 전투가 끝났음에도 너무나 심한 격차를 보이는 전력에 은하연맹의 트로아 장군이나 모든 지휘관은 할 말을 잊고 서로를 쳐다보고만 있었다. 단순비교만으로도 엄청난 전투력 차이가 나는 상황이었던 것이다.

그 사이 소행성 R-17에서는 이키 소령이 레이저 총을 들고 뛰어나가고 있었다. 그의 뒤를 레빈, 달링, 모레가 따르면서 제국군을 향해 레이저 총을 발사하였다. 제국군의 관심을 자력폭탄에서 자신들에게 옮겨야만 자력폭탄이 폭발할 수 있기 때문이었다.

완전히 적에게 노출된 이키 소령과 세 사람은 적의 집중 공격을 받았다. 그 결과 온몸에 수십 발의 레이저 탄과 에너지 충격탄을 맞고 모두 전사하였다.

그러나 그 순간, 직경 3,200㎞의 소행성 R-17이 폭발했다. 순간적인 자기력 증가와 함께 소행성 중심부에 있는 코어에 강력한 자기장 충격이 가해져 원자의 속도가 급격히 증가한 탓에 눈 깜짝할 사이에 불안정한 중성자가 양성자를 타격했고, 그 직후 핵분열 현상을 일으켰기 때문이다.

거대한 폭음과 함께 대폭발이 일어났다. 그리고 수억 개에 달하는 운석 파편이 우주공간에 쏟아져 나왔다. 은하연맹의 특수 부대원 전원이 전사하면서까지 지킨 자력폭탄에 의한 소행성 R-17의 폭발이었다. 그것은 엄청난 운동에너지를 담고 있는, 파괴적 힘을 지닌 소행성 파편이었다.

은하계 우주력으로 2천 7백 년 전 아마추어 천문학자 '루이'의 예언대로 주변을 지나던 강력한 우주 초공간 웜홀에 소행성 폭발의 충격파가 블랙홀을 발생시켰다. 그리고 소행성 R-17에서 쏟아져 나온 수억 개의 파편을 블랙홀이 모두 흡수하는 사태가 일어났다. 소행성 파편은 모조리 웜홀 속에 빨려 들어갔고, 그 후 광속에 가까운 속도로 초공간 이동을 시작했다.

데빌리스 1호의 전투상황실.

고르곤 황제는 참모들과 작전회의를 하면서 마치 전쟁이 끝난 것처럼 냉혹한 미소를 지었다.

"으흐흐…. 은하연맹의 애송이들은 죽기만을 기다리는 불쌍한 존재가 되었구나."

"위대한 폐하, 60분 후에는 적 함대를 향한 최후의 공격을 가하셔야 합니다."

"좋아, 모든 제국 함대에 명령을 내려서 기함 데빌리스 1호를 중심으로 원형 대진을 이루면서 전진하도록 한다."

고르곤 황제와 측근 참모들은 계속되는 승리에 매우 고무되어 있었다.

고르곤 황제는 자신이 기르는 어항에 먹이를 넣었다. 우주에 있는 모든 희귀한 물고기는 모두 모은 것 같았다. 사자 머리를 가진 괴상한 문어, 발이 네 개 달린 메기, 지네처럼 생긴 뱀장어 같은 것 등등. 어쩐지 고르곤 황제를 닮아서 흉측하고 섬뜩한 종류만 모아 놓은 것처럼 보였다.

Chapter 3

살아남아야 한다

프린세스 1호의 전투상황실.

"적 함대가 진격해오고 있습니다."

"접근 속도는?"

"우주 속력으로 7.5 나노 마하입니다."

"전투 개시까지 남은 시간은?"

"약 50분 정도입니다."

"사령관 각하, 방금 특수지원단의 트러거 장군께서 긴급히 제6 구역 X-9 비밀 연구실로 방문해달라는 메시지를 보냈습니다."

"지금 전황이 급박하게 전개되고 있는데 어떻게 내려가겠소?"

"각하, 처음 논의한 바와 같이 적의 공격을 저지하면서 제7 사단 같은 게릴라 부대를 편성하여 공격하는 것을 승인해주시기 바랍니다."

나트 참모는 다급한 표정으로 트로아 장군을 바라보았다.

"……."

트로아 장군은 말이 없었다. 주위의 참모들도 트로아 장군만 바라보고 있었다.

"좋소, 우주횡단 미사일 2,000기를 발사하시오, 그리고 미사일을 뒤따라 침투병력을 실은 함선을 출격시키시오."

"감사합니다. 각하"

"침투부대는 제7 사단에게 맡기며, 지휘는 '엘바' 장군이 맡아주시오."

"알겠습니다. 사령관 각하."

"이제 우리의 공격이다."

수석참모 나트는 결연한 표정으로 혼자 말을 하면서 지시하였다.

"미사일 통제실은 우주횡단 G-60 미사일 2,000기를 발사 모드로 전환하라."

나트는 손목에 있는 교신용 마이크를 대고 지시하였다.

명령을 하달받은 미사일 통제실 승무원들은 바쁘게 움직였다.

"발사 준비 완료!"

"목표는 적 기함 데빌리스 1호다. 1회 발사 기수는 400기이며, 5회 연속 발사한다."

"발사 명령 하달. G-60 미사일 400기 발사하라!"

발사 요원의 낭랑한 목소리가 미사일 통제센터와 전투상황실에 울려 퍼졌다.

"미사일 발사."

프린세스 1호의 우현 하부 미사일 발사관에서 불을 뿜으면서 G-60 미사일 400기가 동시에 발사되었다.

그리고 10초 뒤 다시 400기가 연속 발사되었다.

그런 식으로 50초 만에 미사일 2,000기가 모두 우주공간으로 발사되었다.

"미사일이 전부 발사되었습니다."

승무원 모두 불을 뿜으면서 날아가는 G-60 미사일을 홀로그램 스크린을 통해 바라보고 있었다.

"이제 제7 사단의 침투부대가 출발할 때입니다."

"벌써 대기하고 있습니다."

"엘바 장군, 기필코 적함에 침투하여 교두보를 확보하여 주십시오."

"알겠습니다. 모두 걱정 마십시오. 적함을 정복하여 승리의 축배를 듭

시다."

"침투부대의 출격 준비가 완료되었습니다."

침투부대의 수행 참모인 루비트가 엘바 장군 옆으로 와서 나직이 보고하였다.

"트로아 장군님, 출격 명령을 내려 주십시오."

"제7 사단은 즉시 출격한다."

"감사합니다."

엘바 장군은 간단한 목례로 마지막 인사를 하였다.

엘바 장군은 홀로그램 전투상황실을 벗어났다.

"트로아 장군님, 이제 급히 6구역 X-9 특수전연구실로 이동해주셨으면 합니다."

"알겠소."

"모든 함대에 지시한다. 전쟁 수행단계의 출격태세와 방어 수준을 유지하면서 명령을 대기한다."

"잠시 다녀올 동안, 전투상황실장 리칭 장군께서 제7 사단과 통신을 유지시켜 주십시오."

"알겠습니다, 각하."

그렇게 트로아 장군은 전투상황실을 나섰다.

프린세스 1호의 제6 구역 X-9 연구실.

연구실 문이 열리면서 트로아 장군과 사피아노 천문관, 수행 참모 나트, 부사령관 트리노 장군을 비롯한 군의 핵심 지휘관 여러 명이 내부를 둘러보았다. 그곳에서 연구실장 격인 '나르스' 장군이 일행을 맞이하였다.

"어서 오십시오, 사령관 각하."

"중요한 일은?"

트로아 장군은 다급히 물었다.

"각하, 잘 아시다시피 이곳은 초염력자(ESP)들이 모여서 정신집중을 통해 상대방의 주요 지휘관이나 병사들에게 강력한 텔레파시 파동을 발사합니다. 그를 통해 그들의 판단력을 흐리게 하거나 심적 혼란을 유발해 전쟁의 국면을 유리하게 하도록 하는 곳이지요."

모두 조용히 듣고만 있었다.

"조금 전 엄청난 진동이 감지되었습니다."

"어떤 진동이오?"

"소행성 R-17 쪽이었습니다. 지금은 은하제국의 함대에 가려서 보이지 않지만, 엄청난 진동이 감지되었고 죽어가는 생명의 고통도 느꼈습니다."

순간 트로아 장군은 충격으로 표정이 굳어졌다.

"나트!"

"예, 각하"

"즉시 소행성 R-17의 궤도를 추적하시오."

"알겠습니다."

"그리고 우리 초염력자(ESP)들은 정신집중을 통해 은하제국의 초염력자들과 대결에서 약간의 우세를 점했습니다. 그리고 우리가 절대로 불리한 상황에서 조금씩 벗어나고 있다는 확신을 받았습니다."

"고맙소. 나르스 장군. 모두에게 감사하다고 전해주시오."

"알겠습니다. 각하."

모두 급히 전투상황실로 향하는 자동 승강기를 타고 전투상황실로 돌아갔다.

"지금 소행성 R-17의 궤도를 스캔하고 있습니다."

"아프룩스 혹성에 가려 보이지 않고 있으나, 10분 후면 나타날 것입니다."

"계속 추적하도록."

"예, 잘 알겠습니다."

데빌리스 1호의 전투상황실.

"황제 폐하."

"뭐냐?"

"적 함대가 미사일을 발사하였습니다. 그리고 미사일 적의 뒤로는 적의 침투부대가 따라오고 있습니다."

"제법이군. 미사일 공격으로 혼란한 틈을 이용해 고속정으로 우리 기함인 데빌리스에 침투하겠다, 이 뜻이군. 흐흐흐."

"그렇습니다."

"은하연맹의 주력 부대인 제1 군단과 제3 군단은 이미 우리의 공격으로 궤멸했다. 남은 것은 낡은 프린세스 1호와 약간의 호위함, 그리고 전투기뿐이다. 저들이 최후의 발악을 할 뿐이다."

"황제 폐하, 즉시 요격 미사일을 발사하도록 명령을 내려주십시오."

"미사일 통제실에 명령한다. Z-60형 요격 미사일 3,000기를 지금 발사하도록."

"Z-60 요격 미사일 3,000기를 발사한다."

전쟁 수행원이 명령을 하달하는 목소리가 울려 퍼졌고, 미사일 격납고에서는 승무원들이 재빨리 Z-60 요격 미사일을 발사관으로 옮겼다.

"Z-60 요격 미사일은 600기씩 12초 간격으로 5회 연속 발사한다."

"발사 명령 하달 확인. 외부 발사관을 개방하라."

스크류 같은 수백 개의 발사관이 순식간에 열렸다.

"발사!"

순간 불빛이 번쩍이면서 600기의 미사일이 우주공간으로 쏟아져 나왔다. 이어서 3,000기의 미사일을 모두 발사하였다.

"적의 침투부대를 쓸어버리기 위해서는 우리 제국의 돌격부대가 출동해야 합니다."

분위기 살리는데 능숙한 데블로 장군이 고르곤 황제 앞에서 눈을 올려 뜨면서 건의를 하였다.

"그렇습니다."

"옳습니다."

그러자 주위의 제국군 장군들도 돌격부대의 공격을 주장하였다.

고르곤 황제는 전쟁 스크린에 비치는 쌍방의 미사일이 접근하는 장면을 유심히 보고 있었다.

"황제 폐하, 적의 침투부대를 작살내야 합니다."

고르곤 황제는 결심한 듯이 말을 꺼내었다.

"은하연맹의 침투부대 격파는 제국의 제12 사단과 '노만' 장군이 맡는다."

"폐하, 즉시 출격하겠습니다."

"노만 장군은 제17 고속 어뢰함 연대의 측면 지원을 받아서 조기에 적 침투부대를 격파할 수 있도록 하시오."

"감사합니다."

"제17 고속 어뢰함 연대의 '펠라' 대령은 제12 사단 노만 장군과 바로 합류하여 협동 공격을 감행하도록 하시오!"

"예, 황제 폐하."

노만 장군은 머리에 젓가락처럼 생긴 가느다랗고 뾰족한 뿔이 2개가 있는 '킬라' 행성 출신이었다.

그는 이번 전쟁에서 은하제국의 구성원이 되어 공을 세워보겠다고 요란을 떨었고, 드디어 임무를 맡게 되자 사뭇 신이 났다.

"제12 사단의 모든 함대는 본진에서 떠나 나의 명령을 따른다."

노만 장군은 함대 지휘선 제이슨호의 함교에서 자신이 지휘하는 제12사단 소속 함선에 출격을 명령했다. 구축함 3척과 순양함 4척, 다목적 함선 3척과 전투기 수송함 2척으로 이루어진 함대가 은하제국의 본진에서 이탈하여 공격 항로를 따라 이동하였다.

그 곁에서 고속 어뢰함으로 이루어진 은하제국의 제17 고속 어뢰함 연대소속의 고속 어뢰정 300척이 함대의 좌우 측면에 따라붙어 호위하는 모양을 갖추었다. 위협적인 전투태세로 우주공간을 날아서 은하연맹의 7사단을 맞으러 전진하였다.

"은하연맹의 미사일 요격까지 앞으로 6분 남았습니다."

"컴퓨터의 분석에 의하면 요격 확률은 96%입니다."

"나머지 4%는 어떻게 처리할 것인가?"

"예, 최신 미사일 포획 그물로 모두 파괴할 것입니다."

"차질 없도록 시행하라."

은하제국에서 사용하는 미사일 포획 그물은 미사일이 날아오는 방향의 전면에 포획 그물을 실은 무인 화물선을 날려 미사일 포획용 그물 폭탄을 설치하고 자신은 공중분해 되는 시스템이다. 1발의 미사일 포획 그물은 가로세로가 각각 5만㎞이고, 재질은 나노 티타늄으로 되어 있어 육안관측이 불가능하며, 각종 우주 방사선을 그물눈 사이의 자기장 내로 유도하여 반사하지 않음으로써 어떠한 스캔 장비나 우주 레이더 시스템에도 발견되지 않는 스텔스 그물이었다.

그물에 미사일이 걸리게 되면 수천만 볼트의 전기방전이 일어나도록 되어 있어 그 즉시 우주공간에서 폭발하게 만드는 무기였다. 수천만 볼트의 전기방전이 가능한 이유는, 이 엄청난 크기의 그물이 우주공간에 있는 진공 에너지와 쌍극 전자를 끌어모아 그물 사이에서 에너지 파동 교환을 통한 전기 발전 기능을 내재하고 있기 때문이다.

"황제 폐하."

고르곤 황제는 데블로 장군을 내려다보았다.

"폐하, 더 이상 시간을 끌지 말고 최후의 공격을 가해야 할 것 같습니다."

데블로 장군이 고르곤 황제에게로 다가가서 부채질을 하였다. 그러자 롤링 장군이 괜히 반발하였다.

"조금 전 요격 미사일을 발사했고 적의 침투부대를 저지할 돌격부대도 출격했습니다. 지금은 전황을 파악하여야 할 시간입니다."

이번에는 데블로 장군이 즉각 반발하였다.

"무슨 소리요. 우리의 방어시스템은 완벽하오. 적의 미사일이 제국의 요격 미사일이나 최첨단 비밀병기인 미사일 포획 그물을 피할 수 있겠소?"

두 사람이 옥신각신하자 고르곤 황제가 짜증을 내었다.

"조용히 하시오!"

고르곤 황제가 지휘봉으로 왼쪽 손바닥을 쳤다.

일순간 주변이 조용해졌다.

"전쟁의 목적은 승리에 있소. 일단 공격부대가 출발하였으니 곧 결과가 있을 것이오. 그러나 우리의 최종목적은 은하연맹의 완전한 파괴에 있소."

"그렇습니다. 황제 폐하."

데블로 장군이 황제의 비위를 맞추었다.

"때문에 지금 이 순간이 최후의 일격을 가해야 할 중요한 순간이라고 생각합니다."

고르곤 황제는 잠시 우주공간을 바라보더니 자신 있게 명령을 내렸다.

"모든 함대에 명령을 내린다. 제국의 기함 데빌리스 1호의 뒤를 따라 모두 진격한다. 이제 최후의 공격을 감행한다."

　프린세스 1호의 전투상황실.

　"비행 중인 아군 미사일 전방에 은하제국의 요격 미사일이 출현했습니다."

　"충돌 2분 전입니다."

　"요격 미사일 뒤로 적의 공격 부대가 보입니다. 컴퓨터의 분석으로는 제국의 제12 사단과 고속 어뢰함 연대 같습니다."

　"우리 은하연맹의 침투부대인 제7 사단과 교전할 것 같습니다."

　"조금 전 적 함대의 본진이 모두 아군 쪽으로 이동하고 있다는 분석이 나왔습니다."

　"최후의 공격인가?"

　"먼저 미사일을 통한 공방이 시작되고 선발 공격부대 간의 전투가 이어질 것으로 보입니다. 1시간 뒤쯤에는 그 결과에 관계없이 제국 함대와 우리 은하연맹 함대 간의 생사를 가르는 결전이 벌어질 것으로 보입니다."

　트로아 장군은 눈을 감고 현재의 위기를 돌파할 계기를 생각하고 있었다. 직접적인 전투는 결국 패배로 이어질 것을 잘 알고 있었기 때문이었다. 그는 머릿속으로 제7 사단 침투부대의 전격적인 공격에 희망을 걸고 있었다.

　"아군의 침투부대가 적 기함 데빌리스 1호에 바로 침투하여 거점을 확보하게 되면, 은하연맹도 승리의 희망을 가질 수 있습니다."

　"알겠습니다."

　모두 트로아 장군의 고뇌를 잘 알고 있기에 낮지만 힘찬 목소리로 대답했다.

　"미사일이 충돌 지역으로 접어들었습니다. 적의 요격 미사일은 3,000기입니다."

"적의 미사일이 폭발하면서 고에너지 장을 우주공간에 방사하고 있습니다. 은하연맹의 미사일이 고에너지 충격파에 의해 파괴되고 있습니다."

"적의 요격 미사일은 모두 폭발하였습니다. 아군의 미사일은 1,617기가 파괴되고 383기가 미사일 요격망을 뚫고 전진하고 있습니다."

모두 숨을 죽이고 통제 요원의 전황 설명에 귀를 기울이고 있었다.

"전방에 우주 지뢰로 보이는 비행물체가 접근 중입니다."

"방금 자체 분해되고 있습니다."

도대체 무엇인가? 우주 지뢰인가? 다급하게 참모들이 전방 투시기 요원에게 물었다.

"우주 레이더에는 잡히지 않고 있습니다. 정말 이상합니다."

"G60 미사일이 우주공간에 정지하였습니다. 무언가에 잡혀 있는 것 같습니다."

그 순간 엄청난 섬광과 함께 은하제국의 우주 그물에 잡힌 G60 미사일은 대폭발을 일으키면서 모두 격추되고 말았다.

"은하제국이 최신 미사일 방어기술을 개발한 것 같습니다."

"어떻게 텅 빈 우주공간에서 미사일의 고속 비행을 중지시키고 순식간에 폭발시킬 수 있는가?"

"양자 컴퓨터의 분석에 의하면 우주공간에 특수한 그물을 펼쳐서 마치 물고기를 잡듯 미사일을 포획하는 최신 미사일 방어막 기술 같습니다."

전투상황실 분위기는 크게 위축되었다.

은하연맹에서 발사한 미사일은 모두 파괴되었다.

이렇게 되면 미사일 공격으로 혼란한 틈을 타서 데빌리스 1호에 침투한다는 작전은 소용이 없게 되는 것이다. 엘바 장군이 지휘하는 침투부대의 데빌리스 1호 침투 작전도 매우 어려워지게 되었다.

"사령관 각하, 엘바 장군을 후퇴시켜야 합니다."

프린세스 1호에 있는 은하연맹의 참모들은 미사일 공격의 실패와 이에 따른 침투부대의 위기를 이야기하며 후퇴를 건의하였다. 데빌리스 1호가 은하연맹의 미사일에 피격되어 혼란이 일어날 것이라 예상하였으나, 예상과는 전혀 다른 양상이 전개되었다. 결과적으로 침투 작전은 완전히 무용지물인 상태였다.

트로아 장군은 결심한 듯 주위를 보면서 낮은 음성으로 명령을 내렸다.

"전방에 출격한 제7 사단 침투함대의 사령관인 엘바 장군은 즉시 임무를 중지하고 후퇴하도록 하시오."

"알겠습니다."

통제 요원은 즉시 엘바 장군의 지휘함에 긴급히 명령을 하달하였다.

"제7 사단 침투함대는 공격을 중지하고 후퇴한다. 반복한다. 제7 사단 침투함대는 후퇴한다."

"여기는 제7 사단 침투함대이다. 은하제국의 선발부대와 이미 대치하고 있으므로 후퇴는 어려운 상황이다."

은하연맹의 트로아 장군과 주위의 참모들은 난감한 표정을 지었다. 지금까지의 전투에서 수적으로나 전쟁 무기의 수준으로나 열악한 조건에 있던 은하연맹군은 연전연패하여 극도로 위축된 상태였기 때문이었다.

트로아 장군은 잠시 눈을 감았다.

순간적으로 많은 상념이 오고 갔다.

은하제국, 혹성파괴, 식민지, 자유, 평화, 은하연맹 결성, 최고사령관 선출, 이번 출전…. 중요한 상황이 압축되어 뇌리로 찾아왔다가 지나갔다.

전황은 매우 불리한 상황이었다. 더욱 걱정되는 것은, 최전방에 진출하여 고립되다시피 한 제7 사단 침투부대가 매우 위태로운 지경이라는 점이다.

은하연맹의 프린세스 1호 전투상황실에 무거운 분위기가 감돌았다.

그때 사피아노 천문관이 트로아 장군 옆으로 다가섰다.

"총사령관 각하."

"예, 말씀하십시오."

"현재 은하제국의 전진 부대와 대치 중인 침투부대는 함대의 전열을 유지한 채 서서히 아군 쪽으로 후퇴하도록 하고, 은하연맹의 모든 함대는 기함을 중심으로 뭉쳐 빠른 속도로 전진하여 그들과 합류하도록 하는 것이 최선의 방안으로 보입니다마는…."

"…다른 의견이 있으면 말해보시오."

트로아 장군은 부사령관을 비롯한 주변 참모를 향하여 물었다.

"은하제국의 함대가 이미 전진을 시작하였기 때문에 제7 사단은 항로를 변경하여 후퇴할 상황이 되지 못합니다."

"그렇습니다. 후퇴하려고 함대의 기수를 돌리면 은하제국의 함대가 집중 공격을 하여 위기에 빠지게 될 것입니다."

모두 안타까운 표정이었다.

그때 제7 사단 사령관 엘바 장군의 보고가 홀로그램 스크린에 나타났다.

"침투함대의 엘바입니다. 적 함대로부터 공격 징후가 감지되었습니다. 지금부터 은하제국의 선발 부대와 전투에 돌입합니다."

"알겠소, 은하연맹의 모든 함대는 곧 귀관의 부대와 합류할 것이니, 그동안 적 함대의 전진을 최대한 막아주시오."

"알겠습니다. 사령관 각하!"

그렇게 답하며 은하연맹의 제7 사단을 이끄는 엘바 장군은 즉시 함대의 편성을 다시 한번 점검하였다.

"모든 함선은 전선을 확대하지 말고 종심 축(직선, 세로축)을 형성하도록 한다."

작전 장교인 헬로에게 나직이 지시하였다.

"장군님, 종심 축 대열을 갑자기 택하신 의도는 무엇입니까?"

"헬로 부관! 적의 함대는 중심에 기동 함대를 두고 좌우를 어뢰정 부대로 감싸고 있네. 우리의 기동 함대 중심의 단일 부대 형태로는 화력 면에서 밀리고, 함선의 전체 숫자나 전투병, 그리고 전투기 수에 있어서도 열세야. 결국 시간을 끌면 결국 패배할 수밖에 없는 것이지."

엘바 장군은 약간 장황하게 설명하였다.

"그래서 내린 결론은…."

"정면 돌파 전법인가요?"

헬로 부관이 다그쳐 물었다.

"그렇다고 볼 수 있겠지, 그러나 주목적은 적 함대와의 교전 시간을 최대한 단축하고 적의 중심을 관통하여 곧바로 적의 기함 데빌리스로 돌진, 기습 침투를 시도하는 것이야."

"장군님의 전술에 감탄했습니다. 그렇게 되면 우리는 좌우 양측에서 공격을 받겠지만, 적 함대도 서로 마주 보고 공격을 하는 형국이 되어 심히 괴롭겠습니다."

헬로 부관은 빙긋 웃으면서 전쟁 스크린을 쳐다보았다.

"장군님, 침투함대의 전투대형을 종심 축으로 형성하고 즉시 공격 명령을 내리겠습니다."

"좋아, 제일 앞쪽은 본 지휘선인 구축함 이지스함이 맡도록 한다. 이어서 미사일 발사가 가능한 순양함 부대, 고속 어뢰정 대대, 각종 수송 함대 순이다. 전투기는 모두 발진하여 전면에서 함대를 호위한다. 진형이 완성되는 대로 고속으로 적 함대의 정면을 돌파한다."

"즉시 명령을 하달하겠습니다."

그것은 상대방의 의표를 찌르는 고도의 전술이었다.

은하제국은 독수리가 날개를 편 것과 같이 수평으로 전선을 전개하면서 위협적으로 전진하여 왔다.

중앙의 구축함과 순양함 부대, 좌측과 우측의 최신 어뢰정 부대로 이루어진 진형은 보기만 해도 압도적인 전투 능력을 느끼기에 충분했다.

"사령관님!"

"뭐냐?"

"은하연맹의 제7 사단이 갑자기 종심(직선, 세로축) 축을 형성하면서 전진해오고 있습니다."

"바보 같은 녀석들이군. 죽으려고 환장을 한 거야."

"앞으로 1분 후면 전투 가능 거리에 접어듭니다."

"으흐흐…. 독 안에 든 쥐가 되겠지. 예하 부대에 알려서 전투가 벌어지면 원형으로 둘러싸서 포위 공격을 하도록 하라."

"알겠습니다."

은하연맹의 제7 사단은 수직으로 전열을 형성한 채 고속으로 돌진하였다.

그것은 꼭 자살 공격 같은 모습이었다.

"엘바 장군님, 이제 60초 후면 적과의 교전 가능 거리에 진입합니다."

"알겠다. 지금부터 모든 함대는 60초 후에 무차별 공격을 은하제국군에 퍼붓는다."

계속해서 명령을 하달했다.

"적은 반드시 포위 공격을 하려 할 것이다. 때문에 집중적인 공격을 받게 된다. 그러나 함대는 어떤 공격에도 정지하지 않고 응사하면서 전속력으로 목표지점을 향해 전진, 적의 포위망을 뚫고 데빌리스 1호에 침투한다."

"아군의 희생이 클 것입니다."

"알고 있다. 그러나 우리가 전투를 하겠다고 우주공간에 정지하면 적의 엄청난 집중포화를 받아 순식간에 전멸할 수 있다. 그러니 아군의 함선이 피격되어도 구조하지 말고 그대로 전진해야 한다."

모두 기가 찬다는 듯한 표정이었다.

"장군님, 공격 거리에 진입하였습니다."

"자, 모든 부대는 조금 전 명령대로 전방을 돌파한다! 각 함대와 전투기 부대에게 은하제국의 함대를 향해 공격을 개시할 것을 명령한다!"

그와 동시에 선두에서 전진하던 기함 이지스함에서 우주 양자 포를 발사하였다. 이와 때를 같이하여 제7 사단의 선두에서 비행하던 전투기도 급강하하면서 각종 무기를 발사했다.

"폐하, 은하연맹의 제7 사단이 먼저 공격을 개시하였습니다."

"좋아, 모든 부대는 공격해오는 은하연맹의 제7 사단 하루살이들에게 포위 공격을 실시하라."

좌측과 우측의 우주어뢰정 연대는 수평으로 전개하던 전투대형을 위에서 보면 원을 그리듯이 변경하여 은하연맹의 제7 사단을 포위하듯 모여들었다.

"공격하기 좋은 모습이야. 바보 같은 은하연맹의 하루살이들 같으니라고!"

스크린에 비친 은하연맹 제7 사단의 모습은 길게 늘어뜨린 막대기 모양으로, 그들은 단순한 일자 형태로 공격해오고 있었다.

정면과 옆에서 바라보는 은하제국의 제12 사단과 고속 어뢰함 연대에게는 오히려 신나는 일이었다.

"자, 모든 함대는 무차별 공격을 개시한다."

은하연맹의 제7 사단을 향해 은하제국의 제12 사단 함대는 모든 함포와 미사일, 우주어뢰를 발사하였다. 그리고 은하연맹의 제7 사단에서도 격렬한 대항 공격을 퍼부었다.

"엘바 장군님! 아군의 순양함과 구축함이 2척이나 피격되었습니다."

"그대로 돌진한다."

"구조대를 편성하여야 합니다."

"우리 모두가 전멸할 수 있다! 명령이다! 그대로 두고 계속 돌진하라!"

일렬종대로 늘어서서 이동 중인 은하연맹의 제7 사단을 양쪽으로 공격하다보니 목표물을 벗어난 미사일과 함포, 우주어뢰가 공중에서 폭발하거나 같은 편인 은하제국의 함대에 명중하기도 하여 완전히 난장판이 되었다.

"앗, 저 녀석들이 죽어도 계속 앞으로 전진한다. 이러다가는 아군의 포위망이 뚫리겠다."

"장군, 이상합니다. 은하연맹의 제7 사단은 교전하면서 막대한 피해를 입었음에도 계속 앞으로 전진합니다."

"그래?"

"아군 함대의 중앙 전선이 돌파되면서 은하연맹 제7 사단의 선두 그룹이 전투 지역을 벗어나고 있습니다."

"아차! 저놈들은 처음부터 전투가 아니라 전선을 돌파하는 것이 목적이었나!"

"적 함대는 절반이 넘게 격침되는 막대한 손실을 입었음에도 중심 축이 아군 지역을 벗어나고 있습니다."

컴퓨터 홀로그램 스크린에는 아직도 불길과 연기에 휩싸인 채로 전진하는 은하연맹 제7 사단의 모습이 비치고 있었다.

"어디로 향하는가?"

"컴퓨터 분석에 의하면 3분 뒤에 우리 은하제국의 기함 데빌리스 1호에 접근합니다!"

"자살을 하려고?"

"잘 모르겠습니다. 어쩌면 기함인 데빌리스 1호에 침투를 시도할지도 모르겠습니다."

"지독한 놈들이다. 즉시 기함 데빌리스 1호에 계신 황제 폐하께 적의 동태를 보고하도록 한다."

"알겠습니다."

"모든 함대는 귀환한다. 최고 속력으로 은하연맹 제7 사단을 뒤쫓아 간다."

그러나 벌써 은하연맹 제7 사단은 막대한 피해를 입었음에도 살아남은 함대는 제국의 제12 사단을 따돌리고 데빌리스 1호를 향하여 전속력으로 접근하고 있었다.

"피해를 보고하라"

"순양함 2척, 구축함 1척, 어뢰정 50척, 수송선 3척, 전투기 206대가 파괴되었으며 2천 6백 20명이 전사하였습니다."

"우리 은하연맹의 지휘 통제소에 전투상황을 보고하라. 그리고 1분 뒤에는 은하제국의 기함 데빌리스 1호의 공격거리에 접근하여 침투를 시도하겠다고 통보하라."

"알겠습니다. 장군."

은하연맹의 제7 사단은 엄청난 손실을 입었으나 살아남아서 적함에 상륙할 수 있다는 기대를 가질 수 있다는 것에 만족해야 했다. 그것은 은하연맹에 크나큰 위로와 자신감을 보여 주는 결과로 아주 고무적이었다.

그렇게 제국의 기함 데빌리스 1호에 근접하여 침투를 시도하려 하였으나 이미 막대한 함대가 호위하고 있어서 다시금 위기에 봉착하게 된다.

프린세스 1호의 전투상황실.

"사령관 각하, 조금 전 제7 사단이 적의 방어선을 돌파하여 데빌리스 1
호에 침투하기 위해 전진 중에 있다는 보고입니다."

순간 상황실의 통제 요원 수백 명이 환호성을 질렀다.

그동안 연전연패하였으나, 그들의 막강한 화력을 당당히 돌파할 수 있
다는 자신감이 그들에게 많은 위로가 되었기 때문이다.

"적의 제12 사단은?"

트로아 장군은 다급히 물었다.

"우왕좌왕하다가 우리 제7 사단의 뒤를 쫓아 자기 진영으로 돌아가고
있습니다."

트로아 장군의 표정에 결전에 대한 자신감이 보였다.

"현재 속도를 유지하면서 은하제국 함대의 전면으로 계속 전진한다."

갑자기 은하연맹의 상황실에 생기가 감돌았다. 트로아 장군 자신도 표
정이 밝아졌으며, 참모들의 얼굴에도 활기가 보였다. 사피아노 천문관과
나트는 무언가 기쁜 표정으로 말을 주고받고 있었다.

이때 통제 요원 1명이 일어나 나트에게 다가갔다. 그리고 무엇인가 보
고를 하였다.

나트는 황급히 트로아 장군에게 다가갔다.

"사령관 각하, 소행성 R-17은 우리 은하연맹의 특수부대가 성공적으로
폭파시킨 것 같습니다."

"그래? 확인되었나?"

"예. 방금 행성추적센터에서 소행성 R-17의 궤도를 스캔하고 추적한 결
과 우주시간으로 KS 17시 35분에 파괴되었고, 폭발 충격파에 의해 부근
을 지나던 웜홀의 블랙홀이 열리면서 대부분 휩쓸려서 이곳으로 초공간
이동 중이라는 사실이 분석되었습니다."

"우리 부대원의 생존 소식은?"

"없습니다."

나트는 트로아 장군을 바로 쳐다볼 수가 없어 약간 얼굴을 돌리면서 짤막하게 보고했다. 황량하고 어두운 소행성 R-17에서 임무를 수행하다가 흔적도 없이 전사한 전우들이 생각났기 때문이다.

트로아 장군도 아무 말 하지 않았다.

"나트!"

"예, 각하"

"긴급히 참모 회의를 소집하도록 하시오."

"알겠습니다."

차폐장치가 완벽한 프린세스 1호의 특수전 상황실.

트로아 장군은 약간 긴장된 얼굴로 앉아 있었다.

그곳에는 소행성 R-17 폭파라는 극비 작전을 수행한 부사령관 기갈 장군과 특수지원단의 트러거 장군, 그리고 다수의 참모들이 앉았고 사피아노 천문관도 한쪽 구석에 앉았다.

"지금 극비 작전인 플래닛 'X-9' 작전의 결과를 보고 하겠습니다."

나트는 소형 홀로그램 스크린 앞에서 말을 꺼냈다.

"우주시간으로 KS 17시 35분에 소행성 R-17이 폭파되었습니다."

모두 놀라면서 의아해하였다. 이 작전을 알고 있는 몇 사람만이 별다른 동요 없이 말없이 듣고 있었다.

"암석으로 이루어진 소행성 R-17은 파괴된 후 수많은 파편으로 우주공간에 쏟아져 나왔으나 때마침 이곳을 지나가던 우주 웜홀 입구에 소행성 폭발의 충격파로 블랙홀이 열리면서 모두 흡수되었습니다. 그 후 초공간 이동을 하면서 이곳으로 접근 중이며, 슈퍼컴퓨터의 분석에 의하면 앞으로 1시간 뒤에 공간 좌표 CS 1094-2071 지점에서 시속 300만 마일의 속도로 쏟아짐으로써 엄청난 파괴력으로 주변 200만㎢의 지역을 완전히 초토화시킬 것입니다."

상상을 초월하는 파괴력을 지닌 소행성 파편 수억 개가 시속 300만 마일의 속도로 휩쓸고 지나간다니. 이것은 생각만 해도 끔찍한 일이었다.

"웜홀에 의한 초공간 이동을 하고 있으므로 어떤 컴퓨터에도 발견되지 않으며, 어떠한 우주탐사 시스템이나 탐지 장치에도 발견되지 않습니다."

"그러면 은하제국의 대함대는 전멸합니까?"

"그것은 정확히 알 수 없습니다. 다만 양자 컴퓨터의 분석에 의하면 최소 70% 정도는 완전히 파괴되며, 나머지는 충돌에 의한 파손과 우주 먼지에 의한 자기장 교란과 중력장 폭풍으로 인한 내부 통신망 파괴 등이 발생하여 전투력이 급격히 떨어질 것으로 예측됩니다."

"우리 은하연맹의 피해도 예상됩니다마는…."

"그렇습니다. 때문에, 전투상황실의 지시에 정확히 따라야 합니다."

"도대체 이런 엄청난 계획은 누가 구상하였소?"

미사일 통제 사령관 메르츠 장군의 질문이었다.

"따로 구상한 사람은 없습니다. 다만 2천 7백 년 전 루이라는 아마추어 천문학자가 계산한바, 우주시간으로 KS 17시 35분에 소행성 R-17 부근으로 우주 도약 통로인 초공간 웜홀이 지나간다는 주장을 우리가 믿고 따른 것뿐입니다."

모두 기가 찬다는 표정이었다.

그러나 은하제국을 이길 수 있다는 것과 은하제국과의 전투에서 수없이 죽어간 은하연맹의 전사들의 복수를 위해서라도 그 말을 믿고 싶은 심정이었다.

"사령관 각하!"

황급한 통제 요원의 목소리와 홀로그램 영상이 공간에 투사되었다.

긴급 시에만 이용하는 홀로그램 공간영상 투사 시스템이었다.

"무엇인가?"

"제7 사단이 공격 명령을 기다리고 있으며, 사실상 은하제국의 함대에 포위된 상태입니다."

순식간에 전황이 긴박하게 전개되었다.

"모두 전투상황실로 갑시다."

은하연맹의 제7 사단은 천신만고 끝에 제국의 기함 데빌리스 1호 앞까지 왔으나, 도착해보니 은하제국의 엄청난 함대가 미리 대기하고 있었기 때문에 사실상 포위된 상태가 되었다. 뒤따라온 은하제국의 제12 사단이 퇴로마저도 차단하고 있는 상황이었다.

그때 고르곤 황제는 사방에서 포위된 채 우주공간에 떠 있는 은하연맹의 제7 사단을 보면서 어떻게 처리해줄까 하는 표정으로 스크린을 쳐다보고 있었다.

"은하연맹의 제7 사단에게 알린다. 1분 내로 항복하지 않으면 무차별 공격으로 전멸시키겠다."

고르곤 황제의 최후통첩이었다.

제7 사단의 기함 이지스호의 함교에서는 엘바 장군이 은하제국의 기함 데빌리스 1호의 엄청난 위용을 바라보면서 침투할 수 있는 묘책을 의논하고 있었다.

"적은 우리의 규모가 너무 열세라 생각해 얕잡아보고 있다. 항복하는 척하면서 데빌리스 1호 가까이 접근하여 일제히 총공격을 실시하여 기함에 침투한다."

참모들은 식은땀을 흘리면서 엘바 장군을 바라보고 있었다.

"조금이라도 우리의 행동이 이상하면 바로 집중 포격을 받을 것이고, 우리 함대는 순식간에 궤멸할 것입니다."

부관 헬로가 걱정스럽다는 표정으로 엘바 장군을 보면서 말했다.

"고르곤 황제는 은하연맹의 주요 함대를 격파하면서 승리감에 도취되어 거만해졌다. 이것을 이용해 보자."

엘바 장군은 작심한 듯 스크린을 보면서 입을 열었다.

"거룩하신 황제 폐하, 제가 이끄는 제7 사단은 여태까지 황제 폐하를 괴롭혀 왔으나, 폐하의 강력한 지도력을 존경하기에 무조건 항복합니다."

고르곤 황제는 애써 감정을 감추면서 참모들에게 은근히 자랑을 하였다.

"저놈들이 항복한다는 것을 믿어도 되나?"

"폐하, 그냥 작살을 내버리시지요."

데블로 장군이 계속 떠들었다.

"이미 저들은 우리의 적수가 되지 못합니다. 그러나 만약을 대비해 제국의 병사들이 적함에 상륙하여 무장을 해제하고, 함선을 제국의 병사가 장악해 우리 것으로 만들면 됩니다."

그렇게 말하며 롤링 장군이 끼어들었다.

"그게 좋겠군. 즉시 예비 병력을 출동시키시오."

"알겠습니다."

"은하제국에서 수송선이 오고 있습니다."

"음… 무장 해제를 시키기 위한 것이구나. 우리 제7 사단을 서서히 이동시켜 수송선에 접근하는 척하면서 적의 기함에 최대한 접근하라."

제7 사단의 소규모 함대는 제국의 수송선 쪽으로 조금씩 이동하였다.

프린세스 1호의 전투상황실.

"은하제국과의 근접 교전 가능 지역으로 접근 중입니다."

"제7 사단의 소식은?"

"현재 파악이 힘든 상태입니다. 전멸 상태이거나 항복하여 모두 붙잡혔거나 둘 중 하나일 것이라 추측됩니다."

"앞으로 15분 후에는 은하제국과의 근접 전투 가능 거리에 도달합니다."

통제원의 보고가 스피커를 통해 울려 퍼졌다.

트로아 장군은 최후의 결전이 임박하였음을 직감하였다.

그는 전세를 역전시킬 수 있는 마지막 카드를 정리해 보았다.

실패하면 끝이다. 엄청난 중압감이 엄습하는 것을 느끼고 있었다.

…먼저 초공간 이동 중인 소행성 R-17의 파편 폭풍은 정확히 우주시간 KS 19시 35분에 계산된 좌표의 화이트홀에서 우주 산사태를 일으킬 것인가? 그다음 200년 전에 투입된 바이오셀 생물 무기가 당초의 계산대로 앞으로 1시간 뒤 마지막 세포분열을 통해 통신센터 폭파 등 주어진 임무를 수행할 수 있을까? 그리고 제7 사단 침투함대는 기적을 일으켜 적의 기함 내부로 침투하여 입자 가속 장치를 파괴할 수 있을까?

모든 것이 기적과 기적의 연속을 바라는 실낱같은 희망이었다.

수백억 인류의 자유와 존엄을 지키고자 고작 며칠 만에 수많은 전사가 목숨을 잃었다.

이제 남아 있는 전함은 불과 백여 척에 불과한 실정이었다.

또한 지금 포위된 채 바람 앞의 등불 같은 운명이 된 제7 사단은 어떻게 할 것인가?

트로아 장군은 참모들이 자신을 쳐다보고 있다는 것을 느꼈다.

이제 자신이 결단을 내려야 한다.

스크린에는 은하연맹 함대의 이동 경로와 함께 배치상태, 포위된 제7 사단과 은하제국 함대의 이동 경로 및 함대의 배치상태가 계속 표시되고 있었다.

"자, 최후 결전을 위한 전략을 말씀드리겠소."

모두 총사령관 트로아 장군을 주시하였다.

2~3초간의 숨 막히는 침묵이 흘렀다.

"앞으로 30분 뒤, 그러니까 우주시간 KST 18시 35분에 바이오셀 비밀 병기가 적의 기함 데빌리스 1호 내부에서 파괴 활동을 개시하게 됩니다. 그는 통신센터를 파괴할 것이고, 통신센터가 파괴되면 적 내부에 갑자기 혼란이 올 터. 그때 총공격을 실시할 계획입니다. 그리고 우주시간 KS 19시 35분에 소행성 파편을 쓸어 담은 웜홀이 계산된 좌표에 화이트홀을 열어서 우주 산사태가 일어난다고 확신하고, 그 지점을 우리 은하연맹의 함대가 패퇴하는 척하면서 통과하고 은하제국의 추격함대가 화이트홀이 열리는 그 시점에 해당 좌표를 지나도록 합니다."

역시 아무도 말이 없었다.

트로아 장군은 잠시 홀로그램 스크린을 쳐다보았다. 이내 다시 참모진 쪽으로 돌렸다.

"제7 사단이 계획대로 데빌리스 1호 내부에 침투하기를 바라며, 그들에 대한 명령권은 엘바 장군에게 위임합니다."

모두 비장한 눈빛으로 서로를 쳐다볼 뿐이다.

"자, 모든 통신 시스템은 지금부터 새로운 뉴트리노 X-11 파동 함수로 변환하고, 각 함대는 전투상황실의 지시에 철저히 따르도록 한다."

"알겠습니다."

참모 나트는 즉시 답변하면서 지휘센터의 통제 요원들에게 지시에 만전을 기할 것을 당부하였다.

데빌리스 1호의 전투상황실.

"황제 폐하!"

"뭐냐?"

"방금 초염력(ESP) 요원의 지휘관인 '블랙커' 장군으로부터 긴급히 보고할 일이 있다는 연락을 받았습니다. 폐하께 면담을 요청하였습니다."

고르곤 황제는 용건이 무엇일까 하고 생각을 하였다.

"알겠다."

"황제 폐하, 초염력(ESP) 부대의 블랙커입니다."

블랙커 장군은 진지한 표정을 지은 채 전투상황실의 홀로그램 스크린에 나타났다.

"무엇인지 빨리 보고하도록 하라."

"저희는 특수 격리실에서 텔레파시를 이용하여 은하연맹의 초염력(ESP) 요원들과 정신동력으로 전투를 하고 있습니다."

"계속하라."

"눈에 보이지 않지만, 치열한 5차원 초감각 전투로 적군의 사기를 떨어뜨리고 지휘관의 판단을 흐리게 하며 우주의 운명을 우리 은하제국에 유리하도록 정신동력을 집중하고 있습니다."

"요점만 보고하시오."

곁에 있는 데블로 장군이 거들었다.

블랙커는 데블로 장군의 거드름이 싫었으나 애써 표정을 감추었다.

"그런데 조금 전부터 우리 요원 중에서도 특별히 정신감응 능력이 뛰어난 몇몇 요원이 강력한 폭발의 기운이 우리 은하제국 쪽으로 접근하고 있다는 보고가 올라왔습니다."

고르곤 황제는 '그게 갑자기 무슨 소리냐?' 하는 눈빛으로 스크린을 지켜보고 있었다.

그런 파괴적인 공격이나 군사적 이동이 있다면 은하제국의 통신센터에 나타나기 때문이었다. 더욱이 기함 데빌리스 1호의 통신기술은 수십 억 ㎞ 범위 내의 군사적 이동이나 공격 무기를 반드시 감지할 수 있는 타키

온 입자 레이더를 지니고 있었다. 게다가 수십 척의 전후방 탐사 로켓이 별도로 활동하고 있는데 어떻게 그런 움직임이 감지되지 않겠는가 하는 생각이었다.

"도대체 블랙커 장군은 지금 무슨 소리 하는 거요? 기함의 감시 레이더나 호위 항공모함, 그리고 수많은 함선에서도 그런 보고는 없소이다."

데블로 장군이 기가 찬다는 듯이 항의를 하였다.

"저희 초염력(ESP) 요원들의 정신감응 능력은 매우 뛰어납니다. 강력하고 파괴적인 힘이 어떤 형태로든 접근 중인 것만큼은 틀림없다고 생각합니다."

고르곤 황제와 주변 참모들은 블랙커의 강력한 주장에 떨떠름하였으나, 그의 이야기가 너무 막연하여 가만히 있었다.

"황제 폐하, 은하연맹 함대의 이동이 중지되었습니다."

참모 레옹이 어색한 상황을 바꾸고 싶었는지 낮은 목소리로 또렷하게 보고하였다.

"적 함대의 배치상황을 보고하라."

고르곤 황제는 한시라도 빨리 은하연맹을 완전히 격파하고 싶었다.

어차피 은하연맹의 전투력은 지리멸렬한 상태라 은하제국의 상대가 되지 못하기 때문이다.

"황제 폐하, 은하연맹의 함대 규모는 기함 프린세스 1호와 순양함 10척, 구축함 8척, 기타 함선 80척, 전투기 약 15,000대 정도입니다. 우리 은하제국 함대에 비하면 1/7 수준에 불과하며, 그나마도 전투 과정에서 많이 파손되어 전투력이 심각하게 저하된 상태입니다."

고르곤 황제는 몇 초간 생각에 잠겼다가 결심한 듯이 말했다.

"적 함대의 퇴로를 차단하도록 한다. 제17 기동함대는 좌현에서 우회하여 은하연맹의 후방으로 진출하여 적 함대의 이동을 저지하도록 하라."

"알겠습니다, 황제 폐하."

"제17 기동함대 사령관 알데바 장군은 즉시 이동하며 은하연맹의 후방에서 적의 후퇴를 저지하도록 하십시오."

통제병의 작전 명령이 상황실에 나지막하게 울려 퍼졌다.

4차원의 홀로그램 영상장치에는 실제 상황을 그대로 축소한 전투 상황이 표시되고 있었다.

지금도 부분적으로 불타고 있는 은하연맹의 함선이 실제처럼 표현되고 있으며 은하제국 함대의 전개 모습과 은하연맹 함대의 배치가 4차원 입체 영상으로 표현되고 있어서 정확하게 전투상황을 파악할 수 있었다. 좌현에서 우회하고 있는 은하제국의 제17 기동함대의 모습까지도 홀로그램 영상장치는 확실히 보여주고 있었다.

"자, 제국의 모든 함대는 전투 가능 거리로 접근한다. 총공격은 앞으로 1시간 후에 시작한다."

"예, 황제 폐하."

전투상황실의 홀로그램 스크린에서는 각 함대의 지휘관들이 경쟁적으로 충성심을 보이고 있었다. 그들이 그렇게 충성 경쟁을 하는 사이, 은하제국의 함대는 은하연맹의 연합함대를 서서히 에워싸고 있었다. 은하연맹군은 시간이 지날수록 사자의 입속으로 빨려 들어가고 있었다.

스크린과 전투상황실 중앙에 있는 홀로그램 영상장치는 은하제국군과 은하연맹군의 최종결전이 임박하였음을 보여주고 있었다.

한편, 제7 사단의 엘바 장군은 숨을 죽이고 은하제국의 수송선이 접근하기를 기다렸다.

"제국의 기함 데빌리스 1호와의 거리는?"

엘바 장군은 나지막한 목소리로 물었다.

"양자 함포의 유효 사격 거리 이내입니다."

"좋아. 접근하는 제국의 수송선을 집중 공격하여 파괴한 다음 바로 데빌리스 1호로 돌진한다. 침투 후 우리 목표는 적함의 광자 추진 엔진을 폭파하는 것이다."

"알겠습니다."

부관 헬로는 즉시 통제 요원과 각 함선에 명령을 내렸다.

데빌리스 1호의 전투상황실.

"은하연맹 제7 사단의 내부 교신이 폭발적으로 증가하고 있습니다!"

통제 요원이 소리쳤다.

"공격 징후로 판단됩니다!"

"뭐라고?"

고르곤 황제는 스크린에 비치는 제7 사단의 모습을 보고 있었다.

"즉시 수송선을 철수시킨다!"

고르곤 황제는 작심한 듯 소리를 질렀다.

"알겠습니다. 수송선 함대에 알린다. 계획이 변경되었다. 즉시 철수하라. 반복한다. 즉시 함대로 귀환하라."

"알겠다. 함선을 철수시키겠다."

제국의 수송선은 선수를 서서히 회전시켰다. 은하연맹의 함선에 너무 가까이 근접한 관계로 속도를 낼 수가 없었기 때문이었다.

엘바 장군은 격한 어조로 명령을 내렸다.

"모든 함선은 즉시 적함을 향해 돌진한다!"

갑자기 제7 사단을 구성하는 10여 척의 함선에서 근거리 미사일과 양자 포, 에너지 포 등을 발사하면서 기함 데빌리스 1호를 향해 돌진했다.

근접해 있던 제국의 수송선은 순식간에 집중 포격을 받고 격침되었다.

"놈들이 반격합니다!"

다급한 전황 보고가 전투상황실에 울려 퍼졌다.

"즉각 응사하라! 호위 구축함들은 모두 은하연맹 제7 사단의 측면을 공격하여 전멸시키도록 하라."

제국의 기함 데빌리스 1호의 측면과 정면에 자리 잡고 있는 근거리 요격용 고에너지 포 수천 문이 불을 뿜었다.

또한 측면에서 기함을 호위하고 있던 제국의 구축함 10척에서 각종 함포를 발사했으며, 수십 척의 어뢰정도 구축함의 함상에서 발진하여 제7 사단의 측면과 정면으로 모여들었다.

소나기처럼 쏟아지는 함포 속을 돌진하는 은하연맹의 제7 사단 함대는 엄청난 타격을 입고 불길에 휩싸였지만, 그래도 계속 전진하였다.

"엘바 사령관이다. 적 기함 데빌리스 1호에 우리 함대의 기함 이지스함을 충돌시키겠다. 그 사이 각 함선은 데빌리스 1호의 함상에 착륙하여 적함 내부로 진출, 광자 추진 엔진 파괴 작전을 전개한다."

"제7 사단의 기함 이지스호가 본 함에 근접하였습니다!"

"미사일을 발사하라. 즉시!"

"너무 근접한 상태라 미사일 발사가 어렵습니다!"

"무조건 파괴해라!"

고르곤 황제는 화가 머리끝까지 치밀어 오른 상태에서 분을 참지 못하고 벌떡 자리에서 일어났다.

"양자 방어막을 최대한 가동하라!"

충돌이나 근접 폭발에 대비하기 위한 방어막 구축인 셈이다.

"알겠습니다."

"양자 방어막 출력 증가 실시!"

"적 제7 사단의 기함 이지스호가 본 함에 충돌합니다."

그 순간 제7 사단의 기함 이지스호가 데빌리스 1호의 정면 우측상단에 충돌하였다.

'꾸앙! 쾅!' 하는 격렬한 폭발음과 함께 이지스함의 선수가 데빌리스 1호의 외벽을 뚫고 데빌리스 1호에 구멍을 내며 말뚝처럼 박혔다. 이지스함의 함교에 있던 엘바 장군과 많은 은하연맹의 전사가 충돌하는 순간 그 충격으로 인해 전사하였다.

은하연맹 제7 사단의 엘바 장군은 우주 최강의 전함을 상대로 원시적인 돌진 전략을 구사해 함선 내부로 침투하는데 작전을 성공시켰다. 하지만 최후까지 데빌리스 1호에 접근했던 6척의 함선은 대부분 접근 직전에 격침되어 우주 속으로 사라졌다. 결과적으로 데빌리스 1호의 함상에 도착한 전함은 3척뿐이었다. 이 또한 격렬한 전투로 인해 화염에 휩싸인 채로 착륙하였으며, 은하연맹의 병사들은 대부분 전사하고 살아남아 데빌리스 1호 내부로 침투할 수 있었던 병력은 불과 60여 명에 불과했다. 이들은 비록 소수이긴 하나 곧바로 데빌리스 1호의 출입문 등을 폭파하면서 함선 내부로 진출하는데 성공하였다. 이지스함 내부에서 생존한 병사 수십 명도 파괴된 전함에서 내려서 충돌로 발생한 구멍으로 진입하여 은하제국의 병사들과 전투를 개시하였다.

그러나 우주에서 제일 강력한 함선인 데빌리스 1호를 파괴하는 것은 불가능해 보였다.

데빌리스 1호 내부에는 전투병만 2,800,000만 명이 있었기 때문이다.

프린세스 1호의 전투상황실.

"조금 전 제7 사단 침투부대가 데빌리스 1호에 근접하였으나 모든 함선은 파괴되었습니다."

참모 나트가 조용히, 그러나 엄숙하게 보고하였다.

"제7 사단의 기함 이지스호와 엘바 장군은?"

트로아 장군은 창밖의 우주를 응시하면서 낮은 목소리로 물었다.

"통신센터에서 수신한 통신 자료와 뉴트리노 입자 레이더 추적 영상에 의하면 적의 기함 데빌리스 1호에 직접적인 충돌을 감행했고, 그 결과 모두 전사한 것 같습니다."

전투상황실에 있는 모든 참모와 통제 요원은 아무 말 없이 조용히 앉아 있었다.

제7 사단의 장렬한 최후가 짐작되었기 때문이었다.

"제7 사단의 통신 체계가 파괴되었으나, 간간이 전투상황실로 기함 내부에서 벌어지는 전투상황이 보고되고 있습니다. 데빌리스 1호에 진입하여 게릴라전을 전개하고 있는 연맹 병사들의 수는 대략 50~60명 정도로 추산됩니다. 그들은 생명이 매우 위험한 상태입니다."

참모 나트가 트로아 장군에게 보고하였다.

"잘 알고 있습니다. 때문에 우리 은하연맹의 주력 함대는 제7 사단의 희생이 헛되지 않도록 기필코 승리해야 합니다."

모두 전쟁 상황 스크린만 보고 있을 뿐 말을 꺼내지 않았다.

"사령관 각하, 함대의 항로를 계획대로 수정해야 할 시간입니다."

사피아노 천문관이 위로하는 표정으로 트로아 장군에게 말하였다.

트로아 장군은 결심한 듯 명령을 내렸다.

"함대의 공격 방향을 우주 좌표 CS 6612-7759 지역으로 변경한다. 즉시 실행하라."

즉시 전투상황실의 스크린에 뜬 목표지점이 변경되는 것과 동시에 각 함선에 수정된 좌표가 하달되었다.

"모든 함선에게 알린다. 모든 은하연맹 함대는 전열 재정비를 위해 이동한다."

트로아 장군은 은하제국의 함대가 눈치채지 않도록 작전상의 수정임을 모든 함선에게 알렸다. 그 명령을 하달받은 은하연맹의 함대 80여 척은 은하제국 함대의 전면에서 좌측 45도 방향으로 비스듬히 틀어 후퇴하는 것처럼 이동하였다.

"황제 폐하, 은하연맹의 함대가 후퇴합니다."

은하제국의 전투상황실 통제 장교가 긴급히 보고하였다.

"후퇴한다고?"

"근거리 미사일과 장거리 에너지 포의 사정거리에서 벗어나고 있습니다."

"즉시 추격 명령을 내려라."

더 이상 생각할 필요도 없다는 듯이 고르곤 황제는 바로 추격 명령을 내렸다.

"알겠습니다."

"모든 제국의 함대는 기함 데빌리스 1호의 이동 속도와 방향에 맞춰 기동한다."

적의 패주로 간주한 은하제국의 사령부는 뒤쫓아가서 공격할 생각만 하였다.

"은하연맹은 전쟁에 승산이 없다는 것을 알고 패주하는 것인가?"

은하제국의 알데바 장군이 옆의 참모에게 물었다.

그는 아무래도 지금 상황에 의문이 들었다.

"살고 싶어서 도망가는 형국입니다."

"이렇게 후퇴해도 살 수 없다는 것을 은하연맹군도 알고 있을 것인데…"

"워낙 상황이 급하다 보니 저러는 것이겠지요."

"……."

그는 지금 은하연맹이 취하고 있는 행동이 함정일 수도 있다는 생각이 들었다.

그러는 사이, 고르곤 황제는 흥분된 목소리로 참모들에게 물었다.

"기함에 상륙한 연맹의 게릴라들은 모두 처치하였나?"

"예. 거의 다 사살했고, 불과 수십 명이 제89구역에서 포위된 채 저항하고 있습니다. 하지만 완전 소탕은 시간문제입니다."

"완전히 없애버리도록!"

"알겠습니다, 황제 폐하."

이제 20여 명 정도 살아남은 은하연맹의 침투부대는 데빌리스 1호의 89구역에서 포위된 채 작전을 의논하고 있었다.

"자, 우리의 작전은 침투 후 데빌리스 1호의 광자 추진 엔진을 폭파하는 것이었는데, 이렇게 포위되었으니 광자 추진 엔진 폭파는 포기해야겠소."

"그래도 끝까지 해봅시다. 모두 죽고 우리만 남았는데, 우리가 못하면 은하연맹의 많은 병사가 또 죽게 됩니다."

"……."

모두 피범벅이었고, 지쳐 있었다. 임시로 지휘관에 뽑힌 '디오' 상사도 무슨 방법이 있을 것 같지 않아서 레이저 총을 잡은 채 좁은 격리실의 천정을 보고만 있었다.

그때 '제니' 일병이 휴대용 스크린을 보면서 말을 꺼냈다.

"우리가 가지고 있는 데빌리스 1호의 내부 자료에 따르면, 광자 추진 엔진은 함선의 중앙에 있고 광자 분사 노즐은 후미에 있습니다."

모두 제니 일병을 물끄러미 쳐다보고만 있었다.

제니 일병은 동료들이 사실상 전의를 상실하고 죽음을 기다리는 것을 알고 있었다. 그러나 그는 포기하지 않고 말을 이어갔다.

"그렇다면 우리가 있는 이곳 주변 어딘가에 광자 가속장치가 있어야만 합니다. 광속으로 가속된 광입자가 광자 추진 엔진으로 들어가서 우주의 암흑물질과 혼합되어 양자 충돌을 일으켜 에너지를 발생시켜야 하니까요."

"그래서?"

'미노' 상병이 퉁명스럽게 물었다. 다른 동료들도 이제는 관심이 있는 눈빛을 보였다.

"그렇다면 광자 추진 엔진에 접근하기보다, 주변 어디엔가 있을 광자 가속 장치를 찾아서 파괴하거나 작동을 멈추면 되지 않겠습니까? 그 결과 데빌리스 1호는 결국 파괴되고 말 것입니다."

모두 아무 말이 없었다.

설혹 광자 가속장치가 주변에 있다 하더라도 이렇게 완전히 포위된 상태에서, 언제 죽을지 모르는 운명에 처한 그들은 어떠한 의욕도 가질 수 없었기 때문이었다.

미노 상병이 갑자기 큰소리로 외쳤다.

"방법이 있을 것 같다."

"무슨 방법?"

모두 뜨악한 표정으로 미노 상병을 쳐다보았다.

"확실하지는 않지만, 광자 가속 장치는 수억 전자볼트의 엄청난 자기장 속에서 가속합니다. 이 때문에 자기장을 발생시키는 강력한 전자석이 작동해야만 하죠."

"그 정도는 상식인데."

"문제는 바로 그것입니다. 가속 장치가 평소처럼 지상에 있을 경우는 문제가 다르지만, 이렇게 우주선 안에 있을 경우에는 다양한 전자파 장애, 그러니까 전자 뉴트리노나 뮤온 뉴트리노 같은 중성미자와 양전자 같은 다양한 파동의 교란으로 자기장이 누출되고 있을 것이란 말입니다."

"설명은 그만하고 간단하게 결론 내려!"

피곤하다는 듯이 디오 상사가 거들었다.

"우리가 가지고 있는 전자기 스캔으로 평균 자기장을 구하고, 자기장 강도가 높은 쪽으로 전진하면 최종적으로 자기장이 교란되는 곳을 만나게 됩니다. 그곳에서 광자 가속 장치가 있는 회전 링을 확인하는 것입니다."

모두 어이가 없다는 듯이 서로를 쳐다보고 있었다.

"젠장, 건초더미에서 바늘 찾는 거로군."

그 순간, 여러 발의 레이저 광선이 격리실 창고 위를 지나서 바닥에 명중하였다.

"모두 피해라, 발각되었다."

디오 상사가 몸을 던지면서 소리를 질렀다.

"손을 들고 나와라, 너희는 포위되었다."

투항할 것을 권하는 제국 전투병들의 목소리가 가까이에서 윙윙 울렸다.

"대장, 이제 어쩌죠?"

"나도 몰라. 한 놈이라도 더 죽이고 깨끗이 죽자."

디오 상사가 신경질적으로 내뱉었다.

"1분의 시간을 주겠다. 모두 창고에서 나와라."

제국의 전투병이 최후통첩을 하였다.

미노 상병이 짐짝 뒤에서 소리를 질렀다.

"대장, 어차피 죽는다면 제니의 말대로 이곳을 탈출해서 광자 가속 장치를 찾아 폭파하고 죽자고!"

디오 상사는 최후의 순간이 온 것 같다는 직감이 들었다.

이곳을 포위하고 있을 수백 명의 제국군을 피해서, 과연 제니의 말대로 입자 가속 장치를 찾아 폭파할 수 있을까? 솔직히 가능성은 거의 없는 것 같았다.

그렇다고 이곳에서 전멸할 수도 없었다.

"자, 15초 남았다. 모두! 사격 준비!"

수십 명의 제국 전투병이 레이저 기관총과 에너지 발사관을 창고 구석으로 겨누었다.

"모두에게 명령한다. 내가 셋을 세면 모두 뛰어나가 제국군을 사살하고 바로 옆 통로를 따라 제니의 말처럼 자기장 파동을 따라 이동한다."

대원들은 모두 에너지 기관총과 레이저 권총을 움켜잡았다.

"자, 8초, 7초, 6초…."

제국의 지휘관이 사형 집행관처럼 숫자를 외쳤다.

그러나 디오 상사는 전격적인 돌파 명령을 내리고 있었다.

"시작한다. 하나, 둘, 셋! 모두 돌격!"

순식간에 20명에 달하는 제7 사단 최후의 생존자들이 뛰어나오면서 포위망을 형성하고 있던 제국 전투병과 지휘관을 향해 무차별 사격을 가하였다.

의외의 일격을 맞은 제국군의 포위망 일부가 무너졌고, 은하연맹군은 순식간에 창고에서 탈출하였다.

물론 그곳에도 포위 부대가 대기하고 있었다.

그런데 너무나 의외의 사태를 맞이한 탓인지 그 통로에서도 총격전이 벌어져 난장판이 되었다.

그 과정에서 은하연맹 제7 사단의 생존자 중 8명이 추가로 전사하였다.

그러나 기적적으로 12명은 포위망을 탈출하는 데는 일단 성공하였다.

디오 상사는 생존한 대원 12명을 이끌고 데빌리스 1호의 광자 가속 장치를 찾아 자기장 강도를 스캔하면서 우주선 내의 복잡한 지형지물을 이용하며 이동했다.

그들은 게릴라전을 위해 제국군을 때려눕히고 그들의 제복으로 갈아입었다. 디오 상사는 장교의 옷을 빼앗아 입고 은하제국의 장교 행세를 하면서 대원을 통솔하는 척 위장하였다.

한편, 데빌리스 1호의 전투상황실.

"제17 기동함대의 현재 위치는?"

고르곤 황제는 이제 시간문제일 뿐이라는 표정으로 수행 참모 레옹을 바라보았다.

"퇴각하는 은하연맹 주력함대의 후방 0.02 파섹 거리에서 퇴로를 차단하기 위해 접근하고 있습니다."

"좋아. 제17 기동함대 사령관 알데바 장군에게 퇴로를 신속히 차단하고 총공세를 가하도록 명령하라."

통제 요원을 통해 작전 명령이 제17 기동함대 사령관 알데바 장군에게 즉시 하달되었다.

"퇴로를 차단하는 동안 우리 은하제국의 모든 함대는 연맹의 함대를 포위하고 일격에 전멸시킨다."

"알겠습니다."

알데바 장군은 어두운 표정으로 대답하였다.

"모든 함대는 전속력으로 은하연맹의 함대를 추격하고 공격 명령을 기다린다."

은하제국의 모든 함대는 반원형으로 전투대형을 형성하여 속도를 증가시키면서 은하연맹군을 포위하기 시작했다.

제17 기동함대는 은하연맹군의 좌측으로 접근하여 벌써 미사일 발사거리까지 다가갔으며 은하연맹군의 프린세스 1호와 예하 함대는 퇴로를 차단당한 상태가 되어 은하제국의 제17 기동함대와 일전을 치러야 할 긴박한 상황에 놓이게 되었다.

"알데바 장군님?"

"말해보게."

알데바 장군은 지휘선 루나 1호의 함교에서 홀로그램 스크린을 지켜보면서 참모 '라킨'의 보고를 듣고 있었다.

"전투 가능 거리에 이미 진입하였습니다. 고르곤 황제 폐하께서는 즉각적인 공격을 원하고 있습니다."

"은하연맹군의 현재 상태는 어떠한가?"

"수차례의 전투 끝에 기함 프린세스 1호와 소규모의 함대만 남아있습니다. 그러나 우리 제17 기동함대보다는 약간 우위의 전력을 보유하고 있습니다."

"고르곤 황제 폐하의 주력 함대는 언제쯤 우리와 협공이 가능한가?"

"약 20분 정도 지나면 우리와 협공이 가능합니다."

이때 전투상황 홀로그램 스크린에 고르곤 황제의 모습이 나타났다.

"알데바 장군!"

"예, 황제 폐하!"

"즉각 은하연맹을 공격하시오."

"알겠습니다, 폐하."

알데바 장군은 홀로그램 스크린에서 고개를 돌렸다. 그는 이번 전쟁 내내 무언가에 억눌린 듯한 답답함을 느끼고 있었다. 지금 이 순간도 그러한 감정은 지속되고 있었다.

그러나 그는 공격 명령을 내려야 한다는 것을 알고 있었다. 잘못해서 고르곤 황제의 눈 밖에 나면 자신은 처형되어 목숨을 잃을 것이고, 고향 행성은 가혹한 보복을 받을 것이 명백하기 때문이다.

"라킨."

알데바 장군은 수행 참모 라킨을 찾았다.

"예, 장군님."

"모든 전투기를 발진시켜서 은하연맹의 함대를 폭격하도록 하고, 각 함선의 함장에게 지금 즉시 미사일 발사 권한을 부여하게."

"알겠습니다. 사령관 각하. 제17 기동함대의 전투비행단 지휘관께서는 모든 전투기와 폭격기를 발진시켜 은하연맹의 함대를 공격하시기 바랍니다. 알데바 장군의 긴급 명령입니다."

쉴 틈 없이 다음 명령이 전투 통신주파수로 하달되었다.

"각 함선의 함장에게 미사일 발사 권한을 부여합니다. 보유하고 있는 모든 미사일을 함장의 판단에 따라 발사할 수 있음을 승인합니다."

제17 기동함대의 우주 항공모함 프랑켄호는 바로 전투기를 출격시켰다.

레드스타 800여 대가 순식간에 발진하여 목표물을 향해 이동하였다.

뒤이어 순양함과 구축함에서 미사일이 발사되었다.

각 함선에서 발사된 수백 기의 미사일은 전투기를 앞질러 목표물을 향해 날아갔다.

프린세스 1호의 전투상황실.

"퇴로를 차단한 제17 기동함대로부터 공격이 시작되었습니다."

급박한 상황 보고가 통제실에 울려 퍼졌다.

"현재의 후퇴 속도를 유지한 상태에서 은하제국의 제17 기동함대의 공격을 저지하도록 한다."

"사령관 각하, 공격 명령을 하달하십시오."

참모 나트의 다급한 건의였다.

"스페이스 이글 전투기 600대는 즉시 발진하여 적 전투기를 전방에서 저지하고 함대로 접근하는 것을 막도록 한다. 각 함선에서 요격 미사일을 발사하여 미사일을 격추시키도록 하며, 프린세스 1호에서는 미사일 유도체를 발사하여 기함에 접근하는 적의 미사일을 파괴하도록 한다."

"알겠습니다."

순식간에 수백 대의 전투기가 우주공간에서 공중전을 벌였다. 목표물에 접근하려는 은하제국의 레드스타 전투기와 그것을 막으려는 스페이스 이글 전투기 간의 결사적인 공중전이었다. 쌍방의 미사일은 우주공간에서 폭발하였다. 공격 미사일과 요격 미사일이 뒤범벅이 되어 인근의 공간은 말 그대로 불바다가 되었다.

기함 프린세스 1호 쪽으로 접근하는 미사일은 유도체를 우주공간에 발사하여 오인 공격을 하도록 하였다.

고르곤 황제가 직접 지휘하는 은하제국의 주력 부대는 벌써 은하연맹군을 추격하여 전투 가능 거리에 접어들었다.

은하연맹은 이제 앞뒤로 포위된 상태가 되었다.

"위대하신 황제 폐하, 조금 있으면 제국의 함대가 은하연맹군을 공격할 수 있는 거리에 도달합니다."

"모든 함대는 보유한 전투기와 함포, 미사일, 우주어뢰를 즉시 발사할 수 있도록 1급 대기상태에 돌입하고 공격 명령을 기다린다."

고르곤 황제는 황금의자에서 일어나 지휘봉을 중간에 잡고 홀로그램 전투 스크린의 각 함대 사령관을 보면서 자신만만하게 지시를 하였다.

"이제 1분 후면 은하연맹군을 공격할 수 있습니다."

통제 요원이 스크린의 함대 배치상황을 보면서 보고하였다.

Chapter + 4
최후의 결전

프린세스 1호의 전투상황실.

"고르곤 황제의 주력 부대가 전방에서 공격을 준비하고 있습니다."

제국의 제17 기동함대와의 전투도 힘겨운 것이 은하연맹군의 상황이었다. 만약 후방에서 고르곤 황제의 주력 함대가 공격해오면 전멸할 것이 분명한 상황이었다.

트로아 장군은 상황의 심각성을 알고 있었다. 그는 왼쪽 손목의 전투지휘용 스크린을 보면서 다급히 지시하였다.

"행성추적센터의 우주공간 좌표를 확인하시오."

"예, 사령관 각하!"

나트는 식은땀이 흘렀다. 사피아노 천문관은 우주선 밖의 전투상황을 지켜보고 있었다.

특수지원단의 트러거 장군은 자료를 나트에게 넘겼다.

"사령관 각하! 행성추적센터의 보고에 의하면, 바로 이곳이 화이트홀 근처입니다."

"은하연맹의 모든 함대는 이동을 중지하고 현 위치에서 최후의 전투를 맞이한다."

어차피 제17 기동함대로 인해 퇴로가 차단된 상태라 더 이상 물러날 수도 없었다.

은하연맹의 모든 함선이 이동 속도를 줄이고 서서히 정지하였다. 은하제국의 제17 기동함대의 공격도 잠시 주춤하여 쌍방이 피해 상황을 파악하고 있었다.

　제17 기동함대와의 전투에서도 수많은 전사자가 나왔다. 상황실은 피해 상황 보고와 복구 지시에 여념이 없었다. 몇몇 함선에서는 불꽃이 타올라 자욱한 연기에 휩싸인 상태이며, 우주공간에는 수많은 불꽃 파편이 떠다니고 있었다. 은하제국의 제17 기동함대는 퇴로 차단의 임무를 마치고 함대를 재편성하여 데빌리스 1호의 다음 명령을 대기하는 상태로 돌아갔다.

　"나트! 행성추적센터의 화이트홀 우주시간을 확인하라!"

　"이미 확인하였습니다."

　"시간은?"

　"앞으로 2시간 뒤인 우주시간 KST 8900P입니다."

　"우리 은하연맹군이 제국의 주력 함대의 총공격에 버틸 수 있는 시간은?"

　"양자 컴퓨터의 분석에 의하면, 총공격 시작 후 약 16분 정도입니다. 최초 공격 시 약 13,000발의 우주 미사일과 10만 대에 달하는 우주전투기의 공격, 5,000여 대에 이르는 폭격기의 폭격, 그리고 수백 척의 고속 어뢰정에서 발사하는 수천 발의 우주어뢰 공격이 들어올 것으로 예상되며, 그 결과 앞서 말씀드린 대로 고작 16분을 버틸 수 있을 뿐입니다. 그 후 3분 이내에 모든 함대가 우주공간에서 사라지게 됩니다. 그러나 앞으로 2시간 이상은 버텨야 우리 은하연맹의 함대가 살아남을 수 있습니다. 그것도 화이트홀에 우주 산사태가 일어날 경우입니다."

　"모든 함대는 1급 경계 상태에서 전투상황실의 명령을 기다린다."

　트로아 사령관은 엄숙한 어조로 대기 명령을 내렸다.

　몇몇 구축함과 순양함은 불길에 휩싸인 채였다. 그들은 불을 끄면서 전열을 가다듬고 있었다.

한편, 데빌리스 1호의 전투상황실.

"황제 폐하."

"보고하라."

"은하연맹군이 후퇴를 중지하고 멈추었습니다."

"이유가 뭔가?"

"아군 제17 기동함대와의 전투에서 피해가 많은 듯합니다. 또한 우리 제국 함대에 퇴로마저 차단된 상태라 마지막 발악을 하려고 이동을 중지한 것 같습니다."

"인정사정 볼 것 없다. 처음부터 항복을 거부한 놈들이니 전멸시켜야 한다."

"황제 폐하. 이제 은하연맹을 멸망시키기 일보 직전입니다. 폐하의 위대한 시대가 온 것 같습니다."

데블로 장군이 여러 참모들 앞에서 자랑스럽게 이야기하였다.

수행 참모 레옹은 내심 불쾌하였지만 참고 있었다.

"시간을 끌면 좋을 것이 없다. 모든 함대가 즉시 공격 태세를 갖추도록 명령하라."

고르곤 황제는 어서 빨리 은하연맹을 멸망시키고 은하계의 유일한 황제가 되고 싶었다.

"알겠습니다."

"제17 기동함대 역시 이번 공격에 합세하여 총공격을 실시한다."

"예, 황제 폐하."

이제 은하연맹은 최후를 맞게 되었다.

은하제국의 총공격에 불과 16분을 버티기도 어려운 상태였기 때문이었다.

"공격 준비가 완료되는 함선부터 전투상황실에 보고하도록 하라."

"예, 폐하."

말이 끝나기가 무섭게 수십 개의 함대에서 공격 준비가 완료되었다는 보고가 앞다투어 날아왔다.

그 순간이었다.

"침입자 발견! 침입자 발견!"

은하제국이 자랑하는 슈퍼컴퓨터인 '타노'가 다급한 음성으로 외쳤다.

"무슨 소리야? 이곳에 무슨 침입자냐?"

고르곤 황제가 참모들을 보면서 신경질적으로 반문하였다. 그러나 우주 최고의 성능을 자랑하는 컴퓨터 타노는 계속 상황을 보고하였다.

"현재 세포분열 중임. 휴머노이드 종으로 판단됨. DNA 파동이 감지되고 있음."

전투상황실에 있는 300여 명의 통제 요원과 장군급 참모들은 더욱 당황하였다.

"즉각 찾아봐, 어서!"

고르곤 황제가 고함을 질렀다.

그 순간 수행 참모 레옹이 타노 곁으로 갔다. 그는 냉정함을 유지하면서 타노에게 물었다.

"타노, 세포분열 중이라니. 어떤 상황인가?"

"DNA가 무제한으로 복제되고 있습니다. 생명 파동이 감지되고 있습니다. 휴머노이드 인간형이 틀림없습니다."

"도대체 1급 보안 구역인 이곳에서 어떻게 휴머노이드 DNA가 복제되었고, 또 인간이 된단 말인가?"

"초당 18조 회의 연산 속도로 분석한바, 우리가 알지 못하는 최첨단 생명공학 기술로 만들어진 1개의 수정란이 침입해 있다가 수정란 내부에 있는 뉴트리노 입자 크기의 전자 충돌 발생 장치에 의해 자가 수정된 후,

현재 초스피드로 휴머노이드 인간으로 성장하고 있습니다."

역시 우주 최고의 슈퍼컴퓨터다운 추론이었다.

"지금도 분열하여 인간화하고 있는가?"

수행 참모 레옹이 격앙된 타노에게 물었다.

"그렇습니다. 평소보다 100만 배 빠른 속도로 세포분열 중이며, 곧 나타날 것입니다."

"뭐라고?"

참으로 환장할 일이었다. 은하제국은 우주 최고의 생명공학 기술을 보유하고 있으며 휴머노이드의 수정란이나 1개의 세포조차도 DNA 자동 검사 기술을 통해 밝혀낼 수 있는데, 최고의 보안 구역인 이곳에 어떻게 발견되지 않고 숨어 있었는지, 그리고 100만 배나 빠른 속도로 분열하여 곧 성체가 될 수 있는지 알 수가 없는 노릇이었다.

"추가 정보입니다."

슈퍼컴퓨터 타노가 다급히 보고하였다.

"말해. 타노!"

다급한 레옹이 컴퓨터에 손을 얹으면서 지시하였다.

"일반적인 단세포 생물 상태로 이식되어 우리가 발견하지 못하였습니다. 앞서 보고 드린 것에 추가하면, 최첨단의 생명공학 기술로 세포 시계를 장치하여 바로 오늘 이 시간에 역전사 효소가 발현되어 휴머노이드 세포로 형질전환된 것으로 판단됩니다."

"이런 빌어먹을 놈들…!"

레옹이 컴퓨터를 치면서 홱 돌아섰다.

"즉시 DNA 검사 장치를 작동시켜! 어서!"

그는 주변의 통제병에게 소리쳤다. 그 즉시 천정에서 양성자 투사 장치가 내려왔다.

"도대체 어디 있는 거야?"

윙-윙 하면서 붉은빛 광선을 비추며 DNA 파동을 추적하는 검사 장치가 통제실 모든 곳을 살살이 비추었다.

고르곤 황제는 분노를 참으면서 주변을 보았다.

순간 그는 무엇인가 이상한 느낌이 들었다. 대형 어항 속에 넣어서 데려온 '잉카' 혹성의 날개 달린 악어가 움직이지 않고 가만히 있는 것이 영 이상했던 것이다. 그는 의문을 풀기 위해 가까이 다가가서 자세히 보았다. 주변의 참모들도 황제를 따라 어항에 다가가 지켜보았다.

"폐, 폐하…." "왜 그래?"

"이 악어의 배가 이상합니다."

"뭐?"

고르곤 황제는 악어를 뚫어지게 바라보았다. 그러나 악어는 악어일 뿐, 그 어떤 다른 것도 느낄 수 없었다.

"악어의 배가 뭐 어때서?"

"……."

이때 슈퍼컴퓨터 타노가 급박한 음성으로 상황을 알렸다.

"팔과 다리가 형성되었고 시력을 확보하였으며 두뇌가 작동하기 시작합니다. 반경 20m 이내에 있습니다."

"도대체 어떻게 되고 있는 거야?"

고르곤 황제가 주변 참모들에게 화를 내면서 둘러보았다.

"찾았습니다. 잉카 혹성의 악어 뱃속에서 자라고 있습니다."

다급하게 슈퍼컴퓨터 타노가 소리쳤다.

"당장 쏘아 죽여! 어서!"

병사들이 우르르 몰려들었다.

그 순간, 날개 달린 잉카 혹성 악어의 배가 '펑' 하고 폭발하면서 사방으로 뱃속의 액체가 튀어나왔다. 누런 액체와 거품과 내장이 허공으로 쏟아져 나왔다.

주변에 있던 병사들과 장군들, 수행 참모 레옹, 그리고 고르곤 황제까지 누런 찌꺼기를 뒤집어썼다.

"빨리 저놈을 쏘아라. 쏴!"

모두 악어의 뱃속에서 튀어나온 별종 인간, 그러니까 X-man이라고 할까? 그 해괴한 인간을 향해 레이저 기관총과 에너지 발사관을 난사하였다. 그러나 X-man은 너무나 빨라서 맞출 수가 없었고, 발가벗은 상태에서 뛰어다니는 탓에 미끄러워서 잡히지도 않았다. 또한 실내에서 각종 무기를 급하게 발사하는 통에 전쟁 상황을 보여주는 홀로그램 스크린이 박살나는 것은 물론 제국의 병사들끼리 서로 쏘아 죽이는 등 완전히 난장판이 되었다.

이 과정에서 수십 명의 사상자가 발생했으며, 전투상황실의 혼란에 의해 전쟁 지휘가 잠시 중단되는 사태로까지 번지게 되었다.

이 혼란한 상황을 틈타 보안 통로를 빠져나온 X-man은 최신 DNA 정보 이식 기술을 통해 자신에게 입력된 정보에 따라 약속된 장소로 이동했다. 가는 도중 은하제국 병사의 옷으로 갈아입은 그는 빠른 속도로 이동했는데, 지정된 장소 바로 60번 화장실이었다.

X-man은 DNA의 유전자 염기서열에 양자 파동을 저장하는 방식으로 입력된 정보를 순식간에 확보하고 바로 기억함으로써 즉각적인 임무를 수행할 수 있는 것이었다. 이처럼 X-man은 지정된 임무 외의 다른 것은 알 필요도, 생각할 필요도 없는 사고가 한정된 특별한 생명체였다.

X-man은 60번 화장실의 3번 변기통 천정을 열었다. 복잡한 배관 사이에 공중으로 날아오를 수 있는 로켓 분사 장치와 초고성능 미사일 1발이 있었다.

그것은 200년 동안 숨겨져 있던 무기였다. 미사일의 표면에는 8메가톤이라는 문자가 적혀 있었다.

지정된 목표물을 탐지할 수 있는 전방 투시용 고글도 있었다.

그는 바로 로켓 신발을 착용하고 전방 투시용 고글을 작동시켰다. 그리고 미사일을 왼쪽 어깨에 메고 로켓 신발을 작동시켜서 공중으로 날아올랐다.

X-man에게 주어진 생존 시간은 이제 60초. 그의 임무는 통신센터 폭파였다. 그에게 추가적으로 입력된 자료가 없으므로, 임무를 완수하면 아마도 생명현상이 사라지고 죽게 될 것이다.

거대한 우주선의 천정을 날아올랐다. 천정의 높이는 1㎞ 정도였다. 그 사이 여기저기서 레이저 기관총이 발사되었다. 그는 그것을 피해가며 바로 통신센터로 향했다. 무수한 레이저 총과 에너지 총, 그리고 전자 기관총이 발사되어 불꽃 바다를 이루는 가운데 여러 발의 전자 탄환이 몸에 박혀 많은 피가 흘러내렸다. 그러나 그는 계속 전진하였다. 이제 30초 남았다. 30초 이내에 통신센터에 접근하여 미사일을 발사해야만 한다.

전방 투시 장치인 고글을 통해 함선 내부를 투시했고, 그 결과 통신센터가 주변에 있다는 신호를 수신하였다. 그는 미사일 발사관을 조준하였다. 멀리 통신센터의 입구가 보였다.

"저놈을 향해 인체 유도 미사일을 발사하라!"

"예, 지금 쏩니다."

그 순간, 제국의 미사일 병사가 가지고 있던 견착식 인체 유도 미사일이 발사되었다. 그것은 인간을 쫓아가 끝내는 명중시키는 일종의 DNA 미사일이었다. 이것은 절대로 피할 수 없는 살인 병기였다.

슈우우우…:

순식간에 허공을 가로지르면서 DNA 미사일이 날아갔다. 그리고 곧

장 로켓 신발을 신고 미사일을 겨눈 채 공중을 날고 있는 X-man을 향해 날아갔다.

쾅!

엄청난 폭발음과 함께 인체 유도 미사일이 X-man을 명중시켰고, 그는 공중에서 분해되고 말았다. X-man은 2분 45초라는 짧은 인생을 마치고 그렇게 죽었다.

제국의 병사들은 그를 죽였다고 안도의 한숨을 쉬었다.

그 순간, 안도한 제국의 병사들 입에서 "아아아…!" 하고 비명이 터졌다.

자욱한 폭발 연기를 뚫고 X-man이 쏜 은빛 미사일이 불꽃을 날리면서 통신센터를 향해 느린 속도로 날아가는 것이 보였기 때문이다.

그랬다.

죽는 그 순간, 그는 미사일 발사 스위치를 눌렀던 것이다. 느린 속도로 날아가고 있음에도, 그 누구도 8메가톤의 파괴력을 지닌 그 은빛 핵미사일을 막을 수 없었다.

쿠앙! 쾅!

엄청난 굉음과 엄청난 폭발이 통신센터를 덮쳤다.

그 속에서 임무를 수행하고 있던 수천 명의 은하제국 통신 요원들이 일격에 사망했고, 산더미 같이 놓여 있던 최첨단 통신 장비들이 박살났다. 그것으로 끝나지 않고 수백만℃에 이르는 순간적인 고열에 의해 연쇄 폭발이 계속 일어났다.

그렇게 통신센터는 완전히 파괴되었다.

"통신센터를 격리하라. 반복한다. 통신센터를 격리하라."

전투상황실에서 통신센터를 폐쇄하라는 긴급 명령이 하달되고 있었다. 데빌리스 1호의 크기와 성능은 상상을 초월하기 때문에 통신센터만 폐쇄해 피해를 줄일 수 있기 때문이었다.

거대한 출입문 6개소가 닫히고, 불길이 밖으로 나오지 못하도록 폐쇄되었다. 그러나 전쟁을 지휘할 때 꼭 필요한 통신 체계가 파괴되어 순간적으로 은하제국은 큰 혼란에 빠지게 되었다.

프린세스 1호의 전투상황실.

"사령관 각하."

"보고하시오."

"방금 은하제국의 기함 데빌리스 1호 내부에서 대규모 핵폭발이 감지되었습니다. 핵폭발로 인한 통신센터의 파괴, 그리고 전자기 펄스(EMP) 충격으로 인해 각종 전자 장비가 손상되어 현재 제국의 함대와 기함 데빌리스 1호 간의 통신이 전면 중단되었습니다."

"그게 사실인가?"

"예. 우리의 슈퍼컴퓨터 '토미'가 실시간 정보 분석을 행한 결과입니다."

"다시 한번 토미에게 확인하고, 제국의 함대 간 통신 내용을 추적하도록 한다."

"알겠습니다."

슈퍼컴퓨터 조종사 야크는 정보처리 화면을 다시 확인하였다.

그때 여러 명의 전투상황실 통제 요원이 참모 나트에게 다가가서 무엇인가 보고를 하였다. 보고를 들은 나트가 황급히 트로아 사령관에게 다가갔다.

"사령관 각하! 제국의 함대와 기함 데빌리스 1호 간의 통신이 현재 두절되었으며, 핵폭발로 발생한 전자기 펄스(EMP)로 인해 데빌리스 1호의 전투 통제 시스템과 예하 함대의 전투 시스템에 막대한 손상이 발생해 비상 통신망을 복구하고 있다는 정보입니다."

"그렇다면…."

그는 고개를 들고 천정을 바라보았다. 바이오 생명체에게 감격의 표정을 도저히 감출 수 없었다.

사피아노 천문관이 트로아 장군 옆으로 다가왔다.

"장군, 통신센터가 파괴된 것 같습니다."

"예. 바이오 생명체가 임무를 완수한 것 같습니다."

"제국의 공격이 잠시 중지되었습니다."

나트는 오랜만에 안도의 표정을 지으면서 트로아 장군에게 보고하였다.

완전 전멸의 위기에 처해 있었는데, 단 몇 분간이라도 살아남을 수 있는 희망이 찾아온 것이다.

그러나 제국의 함대는 곧 통신망을 복구한 뒤 다시 총공격을 가해 올 것이다.

참으로 긴박한 순간의 연속이었다.

트로아 장군은 이 기회를 이용해 전쟁을 승리로 이끌어야 한다는 영감을 강하게 느꼈다.

그는 이제 최후의 결정을 내려야 한다고 생각했다.

우주 산사태는 기적이다. 그저 기적만 바라고 있을 수는 없다고 생각했다.

'그렇다면…'

그는 데빌리스 1호 내부에서 터진 핵폭발로 인해 통신센터가 날아가고, 전자기 펄스(EMP)의 충격으로 데빌리스 1호의 전투 제어시스템이 심각한 수준의 손상을 입었으리라 판단했다.

"나트!"

"예, 사령관 각하!"

"즉시 전 함대에 명령하여 제국의 기함 데빌리스 1호에 집중 공격을 하도록 명령하시오."

"예…?"

나트는 너무 당황했다. 비록 데빌리스 1호의 통신시스템이 파괴되었지만, 비상 통신망 복구 등으로 전쟁은 수행할 수 있기 때문이었다.

"나트, 마지막 기회다. 이번 핵 공격으로 적 기함의 내부 전투 제어시스템도 손상을 입었을 것이다. 그렇다면 데빌리스 1호의 모든 전투능력은 현재 급격히 저하되어 있다는 뜻이지. 지금 이 순간이 적의 기함에 치명적인 타격을 가할 수 있는 유일한 순간이야."

"……."

나트와 참모들은 말이 없었다. 그때 슈퍼컴퓨터 토미가 보고를 올렸다.

"제가 분석한 자료에 의하면, 데빌리스 1호의 내부 통제 시스템은 심각한 손상을 입었습니다."

"어느 정도인가?"

"정확히는 알 수 없지만, 데빌리스 1호 내부의 통신량이 급격히 떨어졌습니다. 각종 전투 제어 시스템도 손상을 입은 것 같습니다."

"여러분! 그동안 저를 도와주셔서 감사합니다."

트로아 장군의 말에 전투통제실이 한순간에 조용해졌다. 그러나 모두 트로아 장군의 뜻에 따르겠다는 표정이 역력했다.

"명령하오. 기함 프린세스 1호와 모든 전함, 전투기는 즉시 데빌리스 1호를 목표로 무차별 공격을 감행하도록."

계속해서 그는 명령을 하달하였다.

"주로 민간인 기술자가 탑승하고 있는 수송함과 지원 함대는 직접적인 전투에 나서지 말고 후방에서 호위 역할을 한다."

"알겠습니다."

모두 바쁘게 돌아다니기 시작했다.

"미사일 통제센터는 모든 우주미사일은 발사할 수 있도록 하고, 모든 함대는 지금 출격한다."

"모든 전투기는 이륙하여 적 기함을 집중 공격 한다."

"각 함대는 데빌리스 1호에 고속으로 접근하여 포위 공격한다."

"각 함선과 전투기는 보유하고 있는 모든 화력을 총동원한다."

후미 좌우측의 측면 격납고 문이 열리는 것과 동시에 출격 명령이 활주로 상부 스피커에서 울려 퍼졌다. 그렇게 프린세스 1호에 탑재된 모든 전투기가 이륙을 시작했다.

"마지막 기회다. 은하연맹의 모든 화력을 은하제국의 기함 데빌리스 1호에 집중하여 파괴하도록 한다."

"알겠습니다."

각 부대의 모든 장군이 전투상황실 홀로그램 스크린에서 트로아 장군의 명령에 따라 최후의 공격을 감행하겠다는 뜻의 경례를 하였다.

한편 데빌리스 1호의 전투상황실.

"신속히 통신망을 복구하라. 피해 상황을 보고하라."

"피해 상황을 보고합니다. 통신센터는 완전히 파괴되었으며 통신시설 역시 사용이 불가능합니다. 핵폭발로 인해 발생한 강력한 전자기 펄스(EMP) 폭풍으로 모든 전자 기억장치가 손상되어 함대 간 통신이 두절된 상태입니다."

"비상 통신망을 작동시키도록 한다."

"현재 비상 통신망을 복구하고 있습니다만, 손상이 심해 시간이 걸리고 있습니다."

"사망자 수는?"

고르곤 황제가 분노를 참으면서 나직이 물었다.

"예. 38,209명이 직접적인 폭발로 사망하였으며, 폭발 피해 반경에 있던 각 유니트의 아군 병사 4,326명은 실종 상태입니다."

"이런… 죽일 놈들…."

"부상자 18,128명은 격리 수용되어 치료를 받고 있습니다."

고르곤 황제는 아무 대꾸도 없이 홀로그램 스크린을 응시하였다.

"황제 폐하, 은하연맹군이 우리 기함 데빌리스 1호를 향해 총공격을 해오고 있습니다!"

"뭐라고?"

모두 소스라치게 놀랐다. 전멸을 목전에 두고 있던 은하연맹이 총공격을 해오다니…?

예상 밖의 사태에 잠시 혼란한 분위기가 이어졌다.

"우주 순항 미사일 600기가 발사되었습니다. 고속으로 본 함으로 접근 중입니다."

통제 요원의 보고가 이어졌다.

"은하연맹의 스페이스 이글 전투기 12,000대가 발진하여 접근하고 있습니다."

"고속 어뢰정 함대가 좌현 방향에서 공격해오고 있습니다."

"즉각 요격 미사일을 발사하고 제국의 전투기 레드스타를 출격시켜서 완전히 전멸시키도록 한다."

"황제 폐하!"

"뭐냐?"

"핵폭발로 인해 우리 데빌리스 1호의 통제 시스템이 파손되었습니다! 요격 미사일은 발사하기까지 30분 정도 소요되므로 다른 방법으로 대응하여야 합니다!"

"전투기의 출격은 가능한가?"

"통신센터 파괴로 인해 전투기 격납고 개폐장치는 앞으로 10분은 지나야 가동할 수 있습니다."

"그러면 전투기를 10분 후 출격시킨다. 그리고 호위 구축함대에 명령을 내려 요격 미사일을 발사하도록 하라."

"알겠습니다. 폐하!"

"비상 통신망으로 구축함 사령관에게 접근하고 있는 은하연맹의 순항 미사일을 요격하여 모두 격추하도록 명령한다."

고르곤 황제는 분노를 참으며 긴급명령을 내리고 있었다.

참모 레옹이 예비 통신회선으로 즉시 명령을 내렸다.

구축함 함대의 요격 미사일이 장전되고 함상의 발사관이 개방되었다.

"요격 미사일 발사! 각 함선당 70기씩 발사한다."

10여 척의 호위 구축함에서 일제히 요격 미사일이 발사되었다. 하지만 은하연맹의 순항미사일은 벌써 데빌리스 1호의 정면 가까이에 접근한 상태였다. 전자 장비의 손상으로 뒤늦게 발사된 제국의 요격 미사일 700기는 순항미사일의 요격을 위해 날아갔다.

쌍방의 미사일이 우주공간에서 마주쳤다. 우주 최고의 기술로 만들어진 공격용 미사일과 요격용 미사일이므로, 서로 일말의 오차도 없이 충돌하였다.

그러나 은하연맹의 순항미사일 10여 기가 기어코 요격망을 뚫고 데빌리스 1호로 날아갔으며, 근접 방어를 맡은 호위 구축함의 요격으로 끝내 7기가 격추되었다. 남은 3기는 데빌리스 1호의 측면을 타격하였다. 피격 순간 폭발과 함께 대규모 화재가 발생하여 고르곤 황제와 측근 참모들은 크게 충격을 받았다. 은하계 최고의 함선이 미사일에 피격되어 막대한 피해가 발생한 것은, 그들이 봤을 때 예상치 못한 큰 사건이었다.

그와 비슷한 시간에 은하연맹의 스페이스 이글 전투기 역시 데빌리스 1호의 상부로 접근하였다.

"황제 폐하?"

"……."

고르곤 황제는 잠시 말이 없었다. 그의 얼굴에는 통신센터의 파괴가 믿어지지 않는다는 표정이 역력했다. 초조한 눈빛 역시 전쟁 개시 후 처음으로 나타났다.

수행 참모 레옹이 가까이서 보고하였다.

"은하연맹의 전투기가 곧 공격을 가할 수 있는 거리까지 접근합니다. 본 함의 전투기 이륙을 기다리지 말고, 호위 항공모함에 탑재된 전투기로 적을 공격하는 것이 최선의 수단인 것 같습니다."

"좋아. 호위 항공모함 사령관에게 명령한다. 지금 즉시 호위 항공모함에 있는 전투기를 출격시켜라."

"황제 폐하."

"뭐냐?"

"호위 항공모함 역시 전투제어 시스템이 손상되어 전투기의 이륙이 어렵습니다."

"그럼 수동조작이라도 해서 빨리 전투기를 이륙시키라고 명령하라!"

비록 비상 통신회선이기는 하나, 그래도 간단한 전투 지휘는 할 수 있었다.

어렵사리 6척의 우주 항공모함에서 8,000여 대의 전투기가 이륙하였다.

그러나 은하연맹의 스페이스 이글 전투기 12,000대는 그 사이 데빌리스 1호의 머리 바로 위까지 도달한 상태였다.

"폭격 개시!"

공중전투 지휘선 '미노아호'의 지휘소에서는 각 전투비행사단의 개별 목표물과 폭격지점, 그리고 이동 경로를 자동제어 방식으로 보여주고 있었다.

"폭격 명령이다. 선두 제9 전투비행연대부터 근접 폭격을 실시한다."

1개의 스페이스 전투 비행 연대는 500대로 구성되어 있다. 공중전 및 전술 폭격 임무를 확실하게 수행할 수 있도록 구성되어 있는 것이다.

제1진인 500대가 급강하 하면서 고에너지 폭탄과 장갑 파괴용 미사일을 발사해 데빌리스 1호를 강타하였다. 숨 쉴 틈 없이 제10 전투비행연대 500대의 근접 폭격이 이어졌고, 데빌리스 1호의 외부 장갑 보호벽 곳곳이 파괴되었으며 엄청난 폭발과 혼란이 일어났다.

"가지고 온 폭탄과 미사일을 모두 퍼부어라."

"알겠습니다."

비록 폭격기는 아니지만 중무장한 스페이스 이글 전투기도 고에너지 폭탄 10발과 장갑 파괴용 미사일 4개, 공대공 미사일 4기를 장착하고 있었다. 또한 양쪽 날개에는 레이저 기관포 2문이 달려있었다. 그래서 스페이스 이글 전투기 1대도 상당히 위협적인 수준의 공격력을 지니고 있었다.

순식간에 12,000대에 이르는 스페이스 이글 전투기의 융단 폭격과 근접 공격이 벌어지면서 데빌리스 1호의 외벽 수십 군데가 파괴되고, 대규모 화재가 발생하였으며, 수만 명의 제국 병사들이 사망했다.

데빌리스 1호는 내부 통신센터가 파괴된 탓에 반물질 방어막을 작동하지 못했고, 근거리 요격 미사일 또한 발사하지 못한 관계로 전격적인 역습에 엄청난 피해를 입게 되었다.

또한 은하연맹의 모든 함대는 수적 열세에 처해 있지만, 제국의 함대를 향해 모든 무기를 발사하는 총공격을 감행하고 있었다. 제국의 구축함과 순양함은 수적으로 봤을 때 7배 이상 많지만, 제국의 함대는 기함과 통신망이 연결되어 있었기 때문에 기함인 데빌리스 1호의 통신센터에서 일어난 핵폭발로 인해 호위함대의 전투 수행 장치 역시 대부분 손상되어 전투 기능이 급격히 저하되었다. 그 결과 은하연맹 함대의 집중 공격에 제대로 대항하지 못하고 구축함 12대가 격침되는 막대한 피해를 입게 된 것이다.

대규모 공습이 끝날 즈음, 제국의 레드스타 전투기 8,000대가 도착하여 은하연맹의 스페이스 이글 전투기와 공중전을 벌였다.

넓디넓은 우주이지만 수만 대의 전투기들이 공중전을 벌이는 관계로 극도로 혼란한 상태였으며, 말 그대로 난장판에 가까운 공중전이었다. 아군과 적군의 구분이 제대로 되지 않고 너무 많은 비행기가 뒤섞여 싸우다 보니 충돌로 인해 파괴되는 전투기도 많았고, 같은 편끼리 공격하여 격추되기도 하였다.

은하제국군은 통신센터 파괴라는 황당한 악재에 이어 전투력의 열세 속에서 죽음만 기다리던 은하연맹군의 예상치 못한 역습으로 막대한 피해를 입었다. 은하제국의 기함 데빌리스 1호는 말 그대로 반파되었고, 예하 제국의 함대도 상당한 피해를 입게 되었다. 그 결과 전황은 은하제국의 절대적 우세에서 결과를 예측하기 힘든 방향으로 전개되고 있었다.

한편, 데빌리스 1호에 침투한 디오 상사 일행은 가까스로 입자 가속 장치인 링(ring) 주변으로 접근하는데 성공하였다. 그러나 그 짧은 시간 동안 모두 전사하고 단 3명만 남아 있었다.

조금 전 데빌리스 1호의 통신센터 핵폭발로 함선 내부가 혼란에 빠져 경비가 느슨해진 덕분에 그나마 이동이 쉬웠다. 이제 입자 가속 장치의 링을 폭파하면 그들의 임무는 끝이다. 그다음은 없다.

디오 상사와 '헨리' 상병, 그리고 '그렉' 일병은 구석에서 가속 장치의 원형 링을 바라보고 있었다.

거대한 링은 직경이 60미터는 되어 보였다. 당장은 파괴할 방법이 생각 나지 않을 정도로 거대하였다.

그렉 일병이 헨리 상병을 보고 속삭였다.

"저걸 무슨 방법으로 폭파하지요?"

"글쎄…."

헨리 상병도 자신이 없어졌다. 링의 엄청난 규모에 압도당한 것이다. 그리고 그곳을 지키는 경비병도 무시할 수 없었다.

디오 상사는 교각 밑에 엎드린 자세로 말했다.

"무슨 방법을 찾아봐!"

그 말만 하고 그는 가속기 링만 쳐다보고 있었다.

그런데 조금 위쪽에 '압력제어실'이라는 표지판이 보였다.

"압력제어라---."

디오 상사는 곰곰이 생각해 보았다. 그리고 헨리와 그렉도 압력제어실을 같이 쳐다보고 있었다. 사실상 저 엄청난 규모의 가속기 링을 폭파한다는 것은 불가능한 이야기였다. 그들은 제7 사단의 병사들이 모두 전사하고 겨우 3명만 남아서 죽음을 기다리는 처지가 되었다는 사실이 너무 답답하였다.

그때 그렉 일병이 속삭였다.

"저기 있는 압력제어실을 점령하고 가속 장치의 입자 가속 링(ring)을 차단해 내부 압력을 증가시켜 함선의 항해 모듈 가동을 중지시키죠."

나머지 두 사람은 일병의 엉뚱한 발상에 잠시 말이 없었다.

"적 기함의 주 엔진 모듈이 정지하면 전투 능력도 급격히 떨어지게 될 겁니다."

그렉 일병의 그 말에 디오 상사와 헨리 상병은 수긍하는 표정을 지었다. 별다른 방법이 없는 상황이었기 때문이다.

"좋아. 지금 당장 압력제어실을 공격하여 점령하고 가속 링(ring)을 차단하여 엔진의 폭발이나 가동 중지를 유도한다."

"좋습니다."

두 사람도 바로 대답했다.

그들은 바로 뛰어나갔다. 다행이 통신센터의 폭발과 은하연맹의 역습으로 내부가 혼란하여 통제실 바로 밑까지 금방 접근할 수가 있었다.

"이제 저 위로 가서 감시 인원을 사살하고 우리가 시설을 접수한다."

세 사람은 계단으로 뛰어올랐다.

그때, 주변을 순찰하던 제국 병사들이 계단으로 뛰어오르는 세 사람을 발견했다.

"아니 저건 뭐야?"

"내부로 침투한 게릴라들 아냐?"

"통신주파수를 발사하라."

그것은 내부의 적을 분별하기 위해 상대에게 비밀 주파수를 발사하면 상대의 전투 컴퓨터 센서에서 자동으로 신호를 보내는 장비였다. 바로 주파수가 발사되었다. 물론 답장이 있을 리가 없었다.

"신호가 없습니다. 살아남은 게릴라들입니다!"

"즉시 공격하라!"

그 사이 세 사람은 압력제어실 바로 아래까지 접근하였다. 그와 동시에 제국군의 레이저 기관총과 전자에너지 총이 불을 뿜었다. 이를 통해 제어실 내부 병사들에게도 상황이 전달되었다. 그러나 세 사람은 이미 문까지 접근한 상태였다. 경비실 내부 인원들이 급작스런 상황에 무기를 찾기 시작했다.

세 사람을 향해 집중적인 총격이 가해졌다. 디오 상사가 엄호사격을 하다가 가슴에 전자에너지 총탄을 맞았다. 그는 소리를 질렀다.

"압력제어실을 점령하라!"

그리고는 죽어가면서도 계단 아래쪽에 있는 제국 병사들을 향해 기관총을 쏴댔다.

헨리 상병과 그렉 일병은 레이저 기관총을 난사하며 문을 부수고 내부로 돌입했다. 바로 압력제어실 경비병과의 전투가 벌어졌고, 금방 점령을 완료했다.

"내가 제국의 병사를 막을 테니 그렉! 너는 압력 장치를 작동시켜서 가속기를 파괴해라!"

"네! 상병님!"

절박한 상황이었다. 제국군은 계단을 올려다보면서 총을 쏘아 댔다.

"대장, 그냥 레이저 폭탄 1발로 끝장을 봅시다."

제국군은 빠른 사태 해결을 위해 헨리와 그렉을 폭탄으로 처치하자고 하였으나 분대장이 반대하였다.

"안 된다. 그럴 경우 압력제어실이 폭파되고, 압력 조정이 불가능해지면 더 큰 문제가 생긴다."

그러는 사이 그렉은 계기판을 찾아서 해독하고 있었다. 한참 해독하던 그는 압력 차단 레버를 겨우 찾아냈다. 그리고 곧바로 레버를 내렸다.

계기판에 표시된 압력이 상승하였다. 컴퓨터가 비상등을 켜고 경고음을 울렸다.

"압력 증가. 200조 전자볼트. 위험 단계."

그렉은 레이저 기관총을 들고 문 쪽으로 뛰어와서 헨리 상병을 도우려 하였다. 이미 헨리 상병은 머리에 치명상을 입어 정신이 혼미한 상태였다. 얼굴이 피범벅이었다.

"자, 압력을 계속 올리고 최후를 맞이하자."

헨리 상병은 오히려 편안한 표정을 지었다. 그의 옆에는 조금 전 전사한 디오 상사의 시신이 피범벅이 된 채로 누워 있었다.

제국군이 계단으로 올라오고 있었다. 그렉은 그들이 접근하지 못하도록 레이저 총을 최대한 쏘아대었다.

"경고! 폭발 단계! 1,000조 전자볼트. 즉시 차단 장치를 해제하시오."

그렉은 핏방울이 튄 얼굴로 헨리 상병을 보았다. 그는 이미 숨을 거둔 상태였다.

이제 남은 것은 그렉 자신뿐이다. 그는 필사적으로 제국군을 막아내었다.

데빌리스 1호의 전투상황실.

비상 통신장치가 겨우 가동되어 함대 간 통신망은 연결이 되었으나, 내부 통제 시스템은 핵폭발로 생긴 전자기 펄스로 인해 전자 제어 시스템이 손상되어 여전히 먹통이었다. 그래서 전투기의 이륙이 지연되고 있었다. 또한 미사일 발사 시스템도 손상되어 미사일을 발사할 수 없어 타격이 매우 큰 상태였다. 그래서 계속되는 연맹군의 폭격에도 별다른 수를 쓰지 못하고 호위함대의 지원으로 버티고 있는 실정이 되었다. 그런데 이번에는 갑자기 함선 추진 동력 장치의 압력이 증가해 폭발할 수 있다는 경고음이 전투상황실에 울려 퍼졌다.

"경고! 경고! 광자 추진 모듈의 입자 가속 장치 링(ring)의 압력 증가! 현재 2,500조 전자볼트! 한계를 넘어서고 있으니 즉시 가동을 중지하고 폭발에 대비하여 G-12 구역은 대피 명령을 내려야 합니다."

"아니, 이건 또 뭐야?"

고르곤 황제는 고함을 질렀다.

불과 두어 시간 만에 전쟁 상황이 유리하지 않은 방향으로 전개되어 분노하고 있었다.

"이제 3,500조 전자볼트입니다. 즉시 차단장치를 해제하지 않으면 폭발하여 동력을 상실하게 됩니다. 수습은 불가능합니다. G-12 구역을 폐쇄합니다. 그리고 비상 동력 장치로 자동 전환합니다."

명령을 기다릴 시간이 없었으므로 컴퓨터 제어 장치는 자동프로그램에 따라 움직이고 있었다.

그렉 일병은 다리와 어깨에 총상을 입어 전투 능력을 상실하였다. 결국 제국의 전투병이 제어실로 진입했지만, 그렉은 저항할 수 있는 힘이 없었다. 그런 그렉에게 레이저 총이 발사되었다. 그는 숨을 거두었다.

"아니, 이게 뭐야? 압력이 3,600조 전자볼트라니?"

"빨리 압력 차단장치를 해제하라!"

뭔가를 직감한 전투 분대장이 소리를 질렀다.

그러나 이미 초고압으로 인해 가열된 가속 장치 링(ring)은 머금고 있는 뜨거운 열로 인해 붉게 물들어 있었다. 그때, 주변의 통로 차단 스크린이 내려가기 시작했다. 데빌리스 1호의 전투상황실 스크린에도 차단막이 내려가는 것이 비치고 있었다.

"모두 후퇴하라! 곧 폭발한다!"

제국 경비병은 모두 압력제어실에서 도망쳐 나왔다.

제국의 데빌리스 1호의 전투상황실은 갑자기 공포에 휩싸였다.

"가속 장치 가동을 중단시켜라!"

너무 급작스런 상황에 대처할 시간이 부족하였다.

"가속 장치 가동 중단! 그러나 이미 전자 입자의 압력 밀도가 임계량을 넘어 통제가 불가능합니다. 해당 구역은 폐쇄되었습니다."

그 순간 '쾅---! 쿠르릉!' 하면서 함선이 요동쳤다. 굉장한 폭발음이 울리고, 데빌리스 1호의 후미 하부에 커다란 구멍이 뚫렸다. 엄청난 폭발과 피해였다. 우주공간으로 함선의 파편이 튀어 나가는 모습이 멀리서도 보였다. 뚫린 구멍으로 제국 병사들이 무수히 빨려 나가 죽음을 당하였다.

"피해 상황을 보고하라!"

"함선의 주동력 모듈인 입자 가속 장치의 원형 링이 파괴되어 광자 추진 엔진 가동이 중지되고 반입자 물질 생산이 중단되었습니다."

"G-12 구역 내 아군 병사와 민간인을 포함하여 총 567,150명이 폭발로 사망하였습니다."

"함선 후미 바닥에 큰 구멍이 뚫려서 함선 내부의 압력이 내려가고 있습니다."

"함선이 정지하였습니다. 현재 보조 동력장치인 수소 핵융합 엔진을 가동시켰습니다."

고르곤 황제는 의자에 앉은 채 돌처럼 굳어졌다.

이 무슨 해괴한 일인가? 은하계 제패의 순간이 바로 앞에 있었는데, 도대체 무엇이 잘못된 것인가?

은하연맹보다 10배나 강한 전투력을 지닌 은하제국의 승리는 확정된 것이나 마찬가지였는데! 정말 기가 찰 노릇이었다. 그러나 그는 아직도 우세한 무력을 기반으로 전세를 바꾸어야 한다고 생각했다.

"데블로 장군!"

"예, 황제 폐하!"

"공중전의 상황은 어떠한가?"

"현재 양쪽 모두 피해가 매우 크며, 각자 함대로 귀환하고 있습니다. 아군 기함의 활주로는 곧 복구되겠지만, 조금 전 광자 추진 장치의 파괴로 함선의 속도와 기동력이 떨어져서 문제가 많습니다."

"……."

고르곤 황제는 할 말이 없었다.

"또한 연맹의 폭격기와 전투기의 공격으로 기함의 24곳에서 화재가 발생하여 불타고 있으며, 융단폭격으로 인해 상부 활주로 갑판이 모두 파괴되었고, 광자 추진 입자 가속 장치 폭발 때 생긴 사망자 외에도 사망자와 실종자가 총 285,200여 명으로 피해가 매우 큽니다."

"모두 집합하라. 저들을 모조리 없애야겠다."

고르곤 황제는 참모들에게 한자리에 모이라고 소리를 크게 질렀다.

전황은 그래도 은하연맹군에게 불리한 상태였다.

은하연맹군은 최후의 일격을 가해 전쟁 국면을 기적적으로 반전시킬 수 있는 묘책을 전투상황실에서 세우고 있었다.

"이제 은하제국의 전투력도 상당히 저하되었습니다. 계속 공격을 할 것인지 잠시 대치할 것인지 지금 결정해야 합니다."

"우리 측의 피해도 극심합니다. 137,000명의 전사자와 67,000명의 부상자, 그리고 53,500여 명의 실종자가 발생했습니다."

"이제 남은 함선과 전투기는 얼마 되지 않습니다. 그래서 여전히 은하제국의 전투력에는 못 미치는 상황입니다."

각자 가지고 있는 정보를 모두 말하고 트로아 총사령관을 쳐다보고 있었다.

"토미에게 화이트홀의 우주산사태 시간을 예측하라 하시오."

"알겠습니다."

수행 참모 나트는 나직이 대답하였다.

"토미."

"예, 말씀하세요."

"지정된 좌표로 화이트홀의 우주 산사태 시간을 예측하라."

"예, 확인합니다."

고성능 양자 컴퓨터인 토미는 매 초당 100조 회에 달하는 연산을 할 수 있는 성능을 가진 슈퍼컴이다.

20초 정도의 시간이 흘렀다. 너무나 긴 시간처럼 느껴졌다. 숨을 죽이고 결과를 기다렸다. 트로아 총사령관도 긴장하는 표정이 역력했다.

"보고합니다. 제시된 좌표로 화이트홀이 열린다는 정보는 없습니다. 대신 소행성 R-17의 위치 궤도를 가지고 지난 5,000만 년 동안 은하계에 존재하는 모든 천체물리학 정보로 연산을 하였습니다."

"결과는?"

나트가 바로 급하게 물었다. 나트뿐만 아니라 모두 같은 심정이었다.

"앞으로 7분 30초 후에 CS 2345, 7532 좌표에서 직경 7,8000㎞에 달하는 구역에 나타날 것으로 예측합니다."

이어서 토미는 설명했다.

"약 3억 개의 바위덩어리 파편 등으로 구성된 우주산사태가 3분 동안 쏟아질 것입니다. 주로 은하제국군의 배치 지역이기는 하나, 우리 은하연맹 함대도 피해가 우려되니 지금 바로 벗어나야 합니다."

모두 깜짝 놀라는 모습이었다.

"사령관 각하! 즉시 명령을 하달하여야 하겠습니다."

사피아노 천문관이 급히 건의를 하였다.

"일단, 토미의 보고를 믿어야 합니다."

전투상황실의 참모나 요원들 모두 갑자기 조용해졌다.

그렇게 숨 막히는 침묵이 10여 초 정도 흘렀다.

"모든 함대에게 명령하시오. 작전상 재편성을 위해 전쟁 구역에서 2만 ㎞ 후퇴한다고. 그렇게 긴급명령을 내리고 즉시 실시하라고 하시오."

"알겠습니다."

전투상황실에서 모든 함대에 명령이 하달되었다.

"함대는 재정비를 위해 후퇴하여 좌표 CS 3465, 8643 지역으로 이동한다. 즉시 기동하여 재편성에 대비하라."

은하연맹 함대는 신속하게 기함 프린세스 1호의 후퇴 명령에 따라 재집결 장소로 이동했다. 우주산사태가 일어나기까지 남은 시간은 겨우 6분 남짓이었다.

기함인 프린세스 1호의 최고 지휘관 몇 사람 외는 무엇 때문에 이동하는지 잘 모르는 상황이었기에, 함대 구성원들은 그저 재정비를 위한 것이겠지 하고 명령대로 이동했다.

한편 데빌리스1호 전투상황실.

계속되는 게릴라식 전투에 막대한 피해를 입은 고르곤 황제는 미칠 것 같았다.

지금은 최첨단 우주 무기로 전쟁을 하는 시대인데, 아득히 먼 옛날의 전투방식인 게릴라식 전투로 인해 우주 최강의 전투함이 이 정도의 피해를 입었다는 사실을 그는 납득할 수가 없었다. 고작 이틀 사이에 일어난 이 엄청난 변화는 은하제국의 고르곤 황제는 물론이고 측근 참모나 전투사령관들도 이해할 수 없었다.

바이오 생명체에 의한 통신센터의 파괴. 그 순간을 이용한 은하연맹의 전격적인 역습으로 막대한 피해를 입은 것은 물론이고, 연맹 제7 사단의 기함인 이지스함은 육탄돌격으로 데빌리스 1호와 직접 충돌하는 야만적인 전투를 펼쳐 기함의 한 곳이 뚫렸다. 그 틈으로 게릴라 부대가 침투하여 결국 광자 추진 장치가 파괴돼 기함인 데빌리스 1호의 기동 능력은 급격히 감소하기까지 했다. 이 모든 상황은 도저히 참을 수 없는, 황제에게 있어 모욕적인 결과였다.

"황제 폐하!"

"뭐냐?"

"은하연맹의 함대가 갑자기 후퇴하고 있습니다. 통신내용을 분석해보면 재정비 후 전투를 속행하기 위해 후퇴한다는 듯합니다."

"아니 이것들이--! 재정비를 위해 후퇴한다고?"

그는 다시 분노가 치밀었다.

"즉각 추격할 준비를 하라!"

"알겠습니다."

"연맹의 군대가 재정비하여 전열을 갖추면 곤란하다. 그 전에 격파해야 한다. 비상동력인 수소 핵융합 엔진의 출력을 높이도록 하라."

비록 통신센터가 파괴되고 광자 추진 입자 가속기가 파괴되어 주력 엔진이 멈췄으나, 비상동력인 수소 핵융합 엔진을 가동하여 데빌리스 1호는 움직이기 시작했다. 기동능력이 많이 감소하기는 했지만, 우주 최강의 함선답게 최소한의 전쟁을 수행할 수 있는 수준은 되었다.

이동을 명령하는 그 순간에도 함선 곳곳에 화재로 인한 불길이 치솟고 있었으나, 데빌리스 1호는 은하연맹의 이동 지역으로 기수를 돌려서 움직이고 있었다. 그리고 모든 은하제국의 항모와 전함, 수송함대도 그 뒤를 따르고 있었다.

트로아 총사령관의 의도대로 은하제국군은 우주산사태의 중심 지역으로 접근하고 있었다. 프린세스 1호의 전투상황실에서 연맹군의 지휘부는 추격을 시작하는 은하제국의 함대를 지켜보고 있었다. 그들은 격렬한 전투로 파괴되어 이동하지 못하는 함선은 우주공간에 버린 채 이동하고 있었다.

"우주산사태 발생 2분 15초 전입니다. 모든 함대에 비상사태를 선포하고 충격에 대비하라고 정보를 하달하셔야 합니다."

"은하제국이 우리의 통신을 해석할 수 있는가?"

트로아 사령관은 토미에게 통신보안에 대해 물었다.

"예. 양자 컴퓨터는 어떤 암호도 해석할 수 있습니다. 그러나 우리의 통신을 해석한다 해도, 이미 늦었기 때문에 대피가 불가능합니다."

그 답변을 들은 트로아 장군은 우주산사태로 연맹의 함대가 피해를 입어서는 이후에 대처를 할 수 없기 때문에 모든 함선에게 정보를 공개해야만 한다고 생각했다.

"은하연맹의 전 함대에 지시한다. 지금부터 1급 방호체계를 유지하라. 인근 지역에 우주 화이트홀이 생겨날 것이고 그 결과 우주산사태가 발생하여 거대한 우주 폭풍과 소행성 파편 수억 개가 쏟아질 것이다. 모두 양자 방호막을 작동하고 통신을 유지하라! 즉시 시행하라!"

그 명령이 하달된 순간, 연맹 함대에서 작은 혼란이 일어났다. 그러나 무조건 전투상황실에서 하달하는 명령을 지켜야 하는 전시상황이라 혼란은 이내 가라앉았으며, 모든 함선은 우주 폭풍과 소행성 파편 대비 태세로 돌입하였다. 그리고 최대한 후진하여 산사태 지역에서 벗어나려고 하였다.

데빌리스 1호의 전투상황실.

"연맹의 함대 간 통신이 증가하고 있습니다. 통신내용을 분석하고 있습니다."

"뭐, 별것 있겠나. 어디로 도망가서 살 수 있나 궁리하겠지!"

이때, 은하제국 정신동력실의 블랙커 장군이 숨을 헐떡이며 고르곤 황제에게 뛰어왔다.

"황제 폐하!"

"무슨 일이오?"

"저희는 초염력(ESP)으로 적과 싸우고 있습니다. 그동안 초염력 전투는 주로 우리가 이기거나 비등한 전투를 벌였습니다."

"그래, 고생이 많소! 그런데, 무슨 소식이라도?"

"예. 보이지 않는 곳에서 벌어지는 격렬한 초공간 전투가 바로 정신동력(精神動力) 전투입니다. 초염력과 초염력의 대결입니다."

그는 숨을 돌리고 말을 이어 나갔다.

"지금 엄청난 에너지가 우리 제국 함대가 주둔한 이곳에 접근하고 있습니다. 우리 초능력자들의 공통된 의견입니다. 틀림없습니다."

"아니, 쉽게 이야기하시오."

데블로 장군이 끼어들면서 다그쳤다.

"이곳을 빨리 벗어나는 것이 필요하다고 봅니다."

고르곤 황제는 복잡한 블랙커 장군의 말을 가만히 듣고만 있었다.

"수습이 불가능한 에너지가 12차원 우주에서 감지됩니다. 상당히 위급합니다. 분명히 우주적 재앙이 접근하고 있습니다."

우주적 재앙?

고르곤 황제는 홀로그램 스크린의 연맹 측 함대를 보면서 짜증 난 표정을 지었다.

이때 슈퍼컴퓨터 타노가 소리를 질렀다

"큰일입니다! 적의 통신을 양자시스템 8차원 복소수로 해석하니 이곳 부근에 화이트홀이 열리고 우주산사태가 일어난다고 하는 통신내용이었습니다. 즉시 피해 지역을 벗어나야 합니다."

순간 상황실의 모든 제국 장군과 참모 레옹, 그리고 고르곤 황제마저 귀를 의심하였다.

"아니 무슨 화이트홀이? 왜 이곳에서 열려?"

"무슨 귀신 씻나락 까먹는 소리야?"

다시 슈퍼컴 타노가 소리를 질렀다.

"은하계의 모든 천체물리학과 양자물리학, 그리고 지난 6,000만 년간의 웜홀과 블랙홀 사건을 모두 종합하여 연산하였습니다."

"결과를 말해!"

수행 참모 레옹이 다급하게 소리쳤다.

"앞으로 30초 후 이곳 부근에 화이트홀이 열리고, 소행성 R-17의 파괴로 발생한 수억 개의 소행성 파편이 쏟아져 나올 것입니다. 강력한 우주 폭풍과 소행성 파편 소나기로 모든 함대는 파괴될 것이며, 먼지로 인해 우주함대의 운행이 어렵게 됩니다. 또한 강력한 중력장이 형성되어 함대의 비행 능력에 큰 영향을 받게 됩니다."

"즉시 위험지역에서 벗어나라!"

고르곤 황제는 벌떡 일어서면서 고함을 질렀다.

수행 참모 레옹은 즉시 제국의 함대에 명령을 내렸다.

"모두 현재 위치에서 전속력으로 연맹의 함대 쪽으로 이동한다. 긴급명령이다. 비상사태다!"

그러나 제국의 함대는 즉각 이동하지 않고 명령을 확인하려 하였다.

"무조건 이동한다! 비상사태다!"

"화이트홀 출현 6초 전!"

데빌리스 1호의 슈퍼컴퓨터 타노는 냉정한 어조로 말하였다.

고르곤 황제는 미칠 지경이었다.

계속해서 악재가 들이닥치고 실패가 이어지는 현실이 도저히 이해가 되지 않는다는 표정이었다. 그래서 그는 상황실의 홀로그램 스크린을 가만히 보고 있을 수밖에 없었다.

"화이트홀 출현 3초 전."

그때가 되어서야 은하제국의 함대는 사태를 알아차리고 움직이기 시작했다.

그러나 3초가 지나도 주변에 화이트홀이 열리는 모습은 보이지 않았다.

"아니, 조용하네? 뭐가 잘못되었나?"

"화이트홀이 어디에서 열리나?"

모두 입을 다물고 가만히 영상을 응시하였다. 하지만 아무런 조짐도 없었다.

"분명히 이 부근입니다. 현재 우주공간이 비틀리고 있습니다. 압력이 증가하고 있습니다. 즉시 이곳에서 벗어나야 합니다."

슈퍼컴퓨터 타노는 냉정하게 상황을 알리고 있었다.

"아니, 아무런 변화가 없는데 도대체 어디를 가란 말인가?"

고르곤 황제도 쉽게 판단을 할 수 없었다. 안전지대라고 해서 무조건 연맹 함대의 뒤를 따라갈 수는 없기 때문이다. 참모들도 마찬가지였다. 그러나 고르곤 황제는 일단 이 장소를 벗어나야 한다는 것만큼은 필요하다고 생각하고 있었다.

"처음 계획대로 현재 좌표에서 벗어나도록 한다. 모든 함대는 당초 명령대로 이동을 실시하되, 최고속도로 이동한다."

전속력으로 이동할 것을 명령했을 때보다 한 단계 높여 최고속도로 위험 지역이라 선포된 지역을 벗어나라고 한 것이다.

그때 갑자기 제국의 슈퍼컴퓨터 타노가 급박하게 소리를 질렀다.

"긴급사태! 제국의 함대 우측 상부에 초대형 중력이 발생하고 있습니다. 긴급 상황입니다. 행성 10개 규모의 중력파가 다가오고 있습니다."

데빌리스 1호의 전투상황실에 있는 모두가 공포에 휩싸였다. 숨 쉴 틈도 없이 타노의 선포가 이어졌다.

"우주공간이 왜곡되고 있습니다. 화이트홀의 출현입니다. 빨리 이곳을 벗어나지 않으면 모든 함대가 소행성 우주산사태에 파괴되고 말 것입니다."

그 순간, 페가수스 좌 한쪽 하늘에서 엄청난 폭발음과 함께 빛이 폭발하였다.

화이트홀이 열린 것이다.

그리고 시속 300만km이라는 무서운 속도로 소행성 R-17의 폭발 잔해가 전쟁 지역에 쏟아져 내렸다. 불타는 소행성 파편도 있고, 얼음덩어리도 있었다. 크고 작은 수억 개의 무시무시한 바윗덩어리가 하늘을 가득 매웠고, 마치 비가 오듯이 폭발적으로 은하제국 함대의 우측 상단에서 소나기 퍼붓듯이 무차별적으로 떨어졌다.

피할 시간도 없었다.

손을 쓸 수도 없었다.

우주 최고의 기술로 만든 항공모함이나 구축함, 순양함, 수송선도 종이가 찢어지듯이 찢겨 나가고 두 동강 나면서 폭발하였다. 기함 데빌리스 1호가 장착한 최첨단 반물질 방어막이나 강력한 우주 미사일도 소용이 없었다. 직경이 5~10km 정도 되는 거대한 소행성이 셀 수도 없이 낙하하고, 직경이 수십 미터에서 수백 미터 정도의 소규모 암석 덩어리가 말 그대로 비 오듯이 쏟아지며 초고속으로 은하제국의 함대를 덮쳤다.

우주 최강을 자랑하던 은하제국의 우주항공모함이나 구축함과 순양함은 소행성 파편 소나기에 그 자리에서 폭발하거나 공중분해 되면서 우주의 어둠 속으로 사라져 갔다. 사람들은 살려달라고 아우성을 쳤지만 들리지도 않았고, 그 누구도 남을 도와줄 형편이 못 되었다. 이는 고르곤 황제도 어찌할 수가 없었다.

항공모함에 탑재되어 있던 15만 대의 전투기들은 살아남기 위하여 긴급 이륙을 하였으나, 피할 곳이 없었다. 그들이 있는 우주공간 그 자체가 크고 작은 소행성과 바윗덩어리가 쏟아내고 있는 중이었고, 결국 15만

대의 전투기는 대부분 파편 소나기를 피하지 못하고 파괴되었다.

지옥보다 더 참혹한 장면이 펼쳐졌다. 말로는 형용할 수 없는 피해가 발생하였다. 은하제국군을 구성하는 대부분의 병사들과 기술자, 전쟁 수행 요원들은 불타는 제국의 함대와 함께 어두운 우주공간으로 사라져 갔다. 그야말로 아비규환(阿鼻叫喚)이었다.

우주 최강의 함선인 데빌리스 1호도 광자추진을 위한 입자 가속 장치가 파괴된 탓에 초고속 비행을 할 수 없어 우주 산사태에서 탈출하지 했다. 결국 12개가 넘는 크고 작은 소행성과 충돌하여 순식간에 수십만 명의 병사가 전사하고, 전쟁에 동원된 엔지니어와 행정 요원, 의료 지원병 대다수가 사망하였다. 함선은 불바다가 되어 활활 타올랐다. 엄청나게 발달한 첨단 무기도 소용이 없었다. 우주산사태에 비하면 그들의 무기는 장난감 정도밖에 되지 않는 수준이었다. 광자 미사일로 소행성을 명중시켜도 조금 부서지는 정도이고, 오히려 부서진 파편이 그대로 날아와서 함선에 충돌하였다. 그 결과 외벽이 파괴되면서 충돌 지역 인근에 있던 제국 병사들이 우주공간으로 빨려가거나 화재로 인해 죽음을 맞이하였다. 우주산사태의 결과였다.

한 번도 경험해 본 적이 없는 우주적 재앙 앞에서 은하제국의 함대는 불과 몇 분 만에 거의 파괴되었고 수백만 명이 전사하였다. 그리고 우주산사태로 인한 함선의 폭발과 화재, 우주먼지와 부서진 함선 조각으로 인해 반경 수만㎞ 내에서는 시야조차 확보할 수 없었다. 모든 전투는 중지되었으며, 은하제국과 은하연맹 모두 서로의 상황조차 파악할 수 없는 최악의 상황이 벌어진 것이다.

피해는 은하연맹 측에도 발생하였다.

우주산사태 지역을 최대한 벗어나려고 했지만, 은하제국의 함대를 유인하기 위해서는 최고속도를 낼 수가 없었기에 일부 함대가 화이트홀 출현 지역 근처를 통과하게 된 것이다.

트로아 장군은 전투상황실에서 불바다가 된 전투 지역을 보다가 은하제국의 함대가 거의 궤멸한 것을 보면서 다급하게 나트에게 지시를 내렸다.

"아군 함대의 피해 상황을 보고하라."

"예, 사령관 각하!"

참모 나트는 슈퍼컴퓨터 토미에게 지시하였다.

"현재 전투 상황과 은하연맹의 피해 상황을 보고하라."

"예, 잠시 기다려 주십시오."

슈퍼컴퓨터 토미는 재빠르게 연산 작업에 돌입하였다.

전쟁 상황을 알리는 대형 스크린에는 4차원 홀로그램 입체 영상이 전개되고 있었는데, 스크린에 비친 영상이 너무 참혹하여 모두 숨을 죽이고 바라보고만 있었다. 수억 개의 소행성 파편이 전투 지역을 통과하였고, 불꽃과 먼지가 우주공간을 가득 채우고 있었다. 그 사이로 불타고 있는 은하제국의 함선과 우주의 심연으로 떨어지고 있는 은하제국 함선의 부서진 조각들이 보였다. 은하제국의 함대는 모조리 파괴되었고, 남아있는 것은 불타고 있는 은하제국군의 기함 데빌리스 1호뿐이었다. 그 거대한 함선도 화재가 발생했는지 곳곳이 참혹하게 불타고 있어서 홀로그램 영상으로 이 장면을 보는 은하연맹의 전사들도 할 말을 잃었다.

"은하연맹의 피해를 보고합니다. 순양함 3척 파괴. 구축함 2척은 반파하여 구조작업 중. 고속 어뢰정은 23척이 파괴되었고, 전투기는 856대가 파괴되었으며, 전사자 13,507명, 부상자는 약 1,670명으로 파악됩니다. 함대를 신속히 재편성할 것을 건의합니다."

트로아 장군은 자리에서 일어나면서 명령하였다.

"모든 함대는 현재 위치에서 2만㎞ 물러나 페가수스 KS1038 지역에 집결한다. 다만 제34 수송함대는 현재 위치에서 파괴된 함대의 생존자 구조를 위한 구조 활동을 계속한다. 은하제국의 생존자들도 구조하도록 하라!"

조금 전까지 치열하게 싸운 적군이지만 트로아 총사령관은 개의치 않았다. 그의 구조 지시를 받은 제34 수송함대 병사들의 표정도 매우 밝았다.

수행 참모 나트와 사피아노 천문관은 트로아 장군에게 걸어갔다.

"사령관 각하! 전투에서 승리한 것 같습니다."

사피아노 천문관이 밝은 표정으로 입을 열었다.

"사피아노 천문관의 도움이 매우 컸습니다."

트로아 장군은 진심으로 존경의 눈빛을 보냈다.

수행 참모 나트는 불타고 있는 은하제국의 기함 데빌리스 1호를 화면으로 보면서 입을 열었다.

"사령관 각하! 제국의 기함이 움직이지 않고 있는 상태입니다."

"토미에게 데빌리스 1호의 현재 상태를 확인하고 보고하도록 지시하게."

"예, 각하."

나트는 드디어 긴장감에서 해방된 표정을 지었다.

"토미, 은하제국의 기함 데빌리스 1호의 현재 상태와 생존자, 그리고 전쟁 수행 능력을 보고하라."

"잠시만 기다려 주십시오."

슈퍼컴퓨터 토미는 즉각 수백만 개의 정보를 연산하기 시작했다.

"보고합니다. 은하제국의 함대는 사실상 전멸하였습니다."

순간, 모두 말을 잃었다. 처절한 침묵이 몇 초 정도 흘렀다. 그 조용한 분위기 속에서 토미가 말을 이어 나갔다.

"사령관 각하, 적의 함대는 전멸하였으며, 기함 데빌리스 1호만이 살아남았습니다. 그러나 함선은 80% 이상 파괴되어 전투 능력을 상실한 상태입니다. 아마 공격을 하지 못할 것입니다."

아무도 말을 하지 않았다. 트로아 총사령관은 함교의 창문 쪽으로 천천히 걸어갔다. 그리고 불타고 있는 은하제국의 기함 데빌리스 1호를 물끄러미 바라보고 있었다.

데빌리스 1호는 소행성 파편과의 충돌로 인해 함선의 절반 이상이 떨어져 나갔고, 남아 있는 부분도 곳곳이 불타고 있었다. 그리고 그 참혹한 형체를 우주공간에 드러내고 있었다.

그때 토미가 낭랑한 목소리로 추가적인 보고를 하였다.

"은하제국의 기함 데빌리스 1호는 서서히 화재를 진화하고 있습니다. 자동 차단 장치를 활용하여 화재의 확산을 막고 있습니다. 생존자는 약 16,500명 정도로 추산됩니다. 데빌리스 1호에 탑승했던 300만 명 중 대부분이 사망하고 소수만 살아남은 상태입니다. 그들은 전쟁 수행 능력을 완전히 상실하였습니다. 곧 항복해 올 것 같습니다."

트로아 총사령관은 파괴되어 불타고 있는 수많은 우주전함이 침몰하여 우주 저편으로 사라져가는 모습을 지켜보고 있었다. 그리고 바로 눈앞에서 처참하게 파괴되어 검붉은 연기에 휩싸인 채 정지해 있는 은하제국의 기함 데빌리스 1호를 바라보았다.

우주는 검은 심연을 드러내고 있었고, 멀리 이름 모를 은하가 찬란하게 빛나고 있었다.

잠시 무거운 침묵이 은하연맹의 기함 프린세스 1호의 함교에 감돌았다.

이때 은하연맹의 전투상황실장인 리칭 장군이 입을 열었다.

"트로아 총사령관 각하!"

모두 리칭 장군 쪽으로 시선을 돌렸다.

"말씀하시오."

트로아 총사령관은 여전히 전투 지역에 시선을 돌린 채 낮은 목소리로 대답하였다.

리칭 장군은 작심한 듯 말했다.

"이제 마지막 총공격을 가하여 은하제국을 멸망시켜야 합니다. 제국의 기함을 완전히 파괴해야 합니다."

모두 갑작스러운 리칭 장군의 발언에 움찔하였다.

"……"

트로아 장군은 대답하지 않고 불타고 있는 제국의 기함을 바라보고 있었다.

몇 초간의 침묵이 전투상황실에 흘렀다.

"총사령관 각하! 은하제국을 멸망시킬 절호의 순간입니다."

"공격 명령을 내려주십시오."

은하연맹의 몇몇 장군들도 공격 명령을 달라고 독촉하였다.

이때 사피아노 천문관이 트로아 총사령관 곁으로 걸어갔다.

"사령관 각하."

"예, 말씀하십시오."

"은하제국군은 이미 대부분 전사하고 전함도 모두 파괴되어 기함 데빌리스 1호만 남았습니다."

모두 말없이 사피아노 천문관의 다음 말을 기다리고 있었다.

"그리고 데빌리스 1호는 전투력을 상실한 상태니 우리가 공격하면 바로 파괴될 것입니다."

이때 특수지원단의 트러거 장군이 끼어들었다.

"그러니까 지금 공격하여 전멸시키자고 하는 겁니다."

사피아노 천문관은 힐끗 트러거 장군을 바라보다가 시선을 돌려 전투상황실에 모여 있는 여러 장군과 트로아 총사령관을 돌아본 뒤 말을 이어 나갔다.

"이번 전쟁의 책임은 전적으로 은하제국의 고르곤 황제와 그 추종자들에게 있습니다. 이미 너무 많은 희생자가 나왔습니다. 제 생각에는 고르곤 황제에게 '은하제국은 모든 행성을 포기하며 무조건 항복한다.'라는 조건으로 항복을 제안해 전쟁을 종식하는 게 좋다고 봅니다."

순간 약간의 소란이 일어났으나 이내 잠잠해지고 침묵이 흘렀다.

트로아 총사령관이 입을 열었다.

"나트… 자네의 생각은 어떤가?"

수행 참모 나트는 잠시 주위를 둘러보다가 말했다.

"우리에게는 평화가 가장 중요합니다. 은하제국에게 억압을 받고 있는 행성을 독립시키고 자유를 주는 것이 먼저일 것 같습니다."

나트가 말을 마치자 약간의 소란이 일어났으나 이내 잠잠해졌다. 전투 통제실에 있는 모두가 트로아 총사령관을 바라보았다.

이때 슈퍼컴퓨터 토미가 갑자기 소리쳤다.

"긴급 상황 발생!"

"뭐야?"

나트가 당황하여 토미를 바라보았다.

"데빌리스 1호 내부 통신을 도청하여 분석해 본 결과, 조금 전 데빌리스 1호에서 쿠데타가 발생하여 고르곤 황제가 암살되고 전후 대책위원회가 구성되었다고 합니다. 위원회 의장으로 선출된 알데바 장군이 모든 권한을 행사하고 있다고 하며, 최종 생존자는 16,572명으로 파악되었습니다. 기함 데빌리스 1호에서만 300만 명이 넘게 사망하거나 실종되었고, 기타 함대와 예하 부대의 병사들도 400만 명이 넘게 사망하였습니다."

모두 슈퍼컴퓨터 토미의 끔찍한 보고에 어두운 표정을 지었다.

그 보고를 들은 트로아 총사령관은 잠시 의논을 하자면서 수석 장군 3명과 사피아노 천문관, 나트, 전투상황실장을 불러서 별실로 들어갔다.

데빌리스 1호는 여전히 불타고 있었으나 조금씩 그 불길을 잡고 있었다. 하나둘 불씨가 사그라들면서 서서히 형태를 드러내기 시작했다. 우주 최강의 함선이었는데 함선의 절반 이상 떨어져 나갔고, 처참한 모습을 한 채 연기를 피워 올리고 있었다.

"자, 전쟁은 은하연맹의 승리로 끝났습니다. 여러분, 그동안 수고하셨습니다. 이제는 은하제국의 잔당 문제를 해결해야 합니다. 지금 생존해 있는 사람 중 상당수가 은하제국의 지배계층입니다. 이들을 어떻게 하면 좋을까요?"

트로아 총사령관은 진지한 표정으로 의견을 구했다.

특수지원단의 트러거 장군이 말을 꺼냈다.

"그동안 은하제국이 행한 악행을 돌아봤습니다. 저는 지금이라도 가차 없이 공격하여 한 명도 남기지 말고 전멸시켜야 한다고 봅니다."

리칭 장군도 거들었다.

"맞습니다. 화근을 없애기 위해서라도 전멸시켜야 합니다."

사피아노 천문관이 입을 열었다.

"이미 전쟁은 끝났고 데빌리스 1호에서는 쿠데타가 일어나 고르곤 황제는 피살되었습니다. 남아 있는 생존자들도 어찌 보면 피해자입니다. 그들에게도 가족이 있습니다."

이 말에 수석장군들과 전투상황실장은 다소 떨떠름한 표정을 지었다. 그때 나트가 나섰다.

"이미 전쟁 책임자는 피살되었다 하고, 남아 있는 생존자는 전투 능력이 없는 상태. 이런 상대를 공격하여 전멸시키는 것은 우리 은하연맹의 사상에 맞지 않습니다. 저는 항복 문서에 서명을 받고, 억압받고 있는 제국의 행성을 독립시켜야 한다고 봅니다."

잠시 무거운 침묵이 흘렀다.

사피아노 천문관이 나섰다.

"물론 남아 있는 생존자들은 어떤 사유가 있든지 간에 전쟁에 책임이 있는 자들입니다. 그러므로 당연히 처벌을 받아야 합니다. 그러나 더 이상 피를 보아서는 안 된다고 생각합니다. 데빌리스 1호에 남아 있는 생존자들을 저희 전함에 옮겨서 변두리 태양계로 추방해 영원히 돌아오지 못하도록 하는 것이 좋다고 봅니다."

조금 전까지 은하제국의 생존자들을 전멸시켜야 한다고 주장하던 리칭 장군과 트러거 장군도 이번에는 별다른 반응을 보이지 않고 서로의 얼굴을 쳐다보며 무표정하게 듣고 있었다.

트로아 총사령관이 나직하게 말하였다.

"나 역시 더 이상의 희생은 원하지 않습니다. 그럼 사피아노 천문관께서 항복 문서에 서명을 받기 위한 특사로서 데빌리스 1호를 방문해주십시오. 그들이 순응한다면 우리 전함에 승선시켜서 은하계의 변두리 태양계로 영원히 추방합시다. 여러분의 생각은 어떻소?"

모두 별말 없이 고개를 끄떡였다.

"나트는 즉시 은하연맹의 모든 군단에 휴전을 선포하고, 각 함은 자체적으로 휴식과 정비를 취하도록 명령을 내리시오!"

"예, 사령관 각하."

나트도 오랜만에 미소 띤 얼굴로 대답하였다.

수송용 우주 전함 판테스호가 데빌리스 1호로 접근하였다. 은하제국의 생존자 16,572명의 대표인 알데바 장군은 사피아노 천문관이 제시하는 항복 문서에 서명하였다. 그리고 우주의 변두리로 추방된다는 조건에도 동의하였다. 알지도 못하는 미지의 행성에서 살아가야 한다는 두려운 현실 앞에서 데빌리스 1호의 생존자들은 말이 없었다.

곧바로 사피아노 천문관을 수행하는 수석 집행관으로부터 간단한 농업기술 자료, 최소한의 지식이 담긴 문서를 꾸려서 떠날 준비를 하라는 지시가 내려왔다. 사피아노 천문관과 집행관 일행은 항복 문서를 들고 소형 우주선을 타고 연맹의 기함으로 돌아갔다.

"모두 잘 들어라. 나는 여러분을 은하계 변두리 제7 태양계로 호송하는 임무를 맡은 판테스호의 함장 '니콜라이'이다. 앞으로 1시간 내로 모두 승선해야 하며, 어떠한 통신 장비도 소지할 수 없다. 그곳에 가면 모든 것을 처음부터 다시 시작해야 하므로 그런 소지품은 의미가 없다."

몇 초간 생존자들의 반응을 살핀 니콜라이 함장이 말을 이어갔다.

"우리 수송선이 출발하고 나면 파손된 데빌리스 1호는 은하연맹의 미사일로 격침되니 한 명도 함선에 남아서는 안 된다. 수송선에는 6개월치 식량만 싣고 간다. 제7 태양계의 행성에 도착하면 1시간 내로 모두 하선해야 하며, 하선을 마치면 우리는 바로 은하연맹으로 돌아갈 것이다. 그곳에서 여러분은 스스로 살길을 찾기 바란다."

아무도 말이 없었다.

함선은 기수를 돌려 은하계의 변두리에 있는 제7 태양계로 향했다.

잠시 후, 판테스호가 시야에서 멀어지자 은하연맹의 기함 프린세스 1호에서 광자 미사일 3발이 발사되었다. 미사일에 맞은 데빌리스 1호는 거대한 폭발을 일으키며 우주공간에 사라졌다.

판테스호는 광속과 초광속 이동을 번갈아 실시하여 1주일 만에 제7 태양계에 도착했다.

"함장님, 이제 1시간 뒤면 제7 태양계에 도착합니다. 어느 행성에 착륙해야 하는지요?"

"비밀 문서함의 명령문을 확인하시오."

"알겠습니다."

슈퍼컴퓨터의 명령문을 읽기 위해 수행원이 암호를 입력하였다. 그러자 태양계의 모든 행성 위치를 다루고 있는 천체물리학 정보가 나타났다.

화면에는 태양에 3번째로 가까운 행성인 지구에 착륙하라는 명령이 떠 있었다. 그러나 지구의 어느 곳에 착륙하라는 명령은 없었으며, 컴퓨터에 나타나는 기상 정보와 현지 생명 정보를 종합하여 니콜라이 함장이 결정하라는 지시가 내려와 있었다.

니콜라이 함장은 지구 궤도에 도착한 뒤 컴퓨터로 생존자들이 살기 적합한 곳 4개소를 찾아내었다. 그곳에 은하제국의 생존자들을 분산 배치하기로 하고 지구 대기권에 진입하였다. 그 후 니콜라이 함장은 한 지역당 약 4,000여 명씩 정착시켰다.

그곳은 나일강, 황하강, 티그리스와 유프라테스강 유역의 메소포타미아 지역, 그리고 인더스강 유역이었다.

판테스호는 무사히 임무를 마치고 은하연맹 본부로 돌아갔다. 지구에 오게 된 은하제국 병사들과 국민들은 지구에서의 새로운 삶을 시작하였다. 석기시대 수준으로 기술이 퇴보한 그들이 다시금 과학을 발전시켜 우주선을 만들고 고향으로 돌아가려면 아마도 수천 년, 혹은 수만 년이 걸릴지도 모를 일이었다. 그래도 그들은 희망을 가지고 지구에 잘 적응하였다.

그렇게 은하계에는 다시 평화가 찾아왔다.

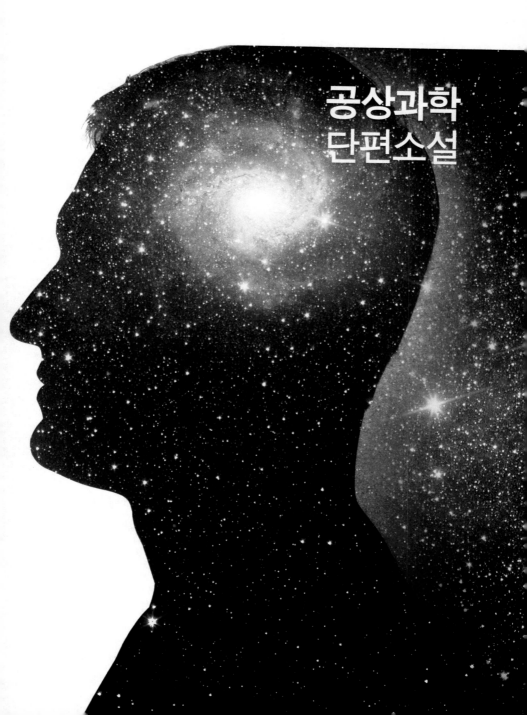

PART 2

공상과학
단편소설

영원한 기억을 찾아서

가까운 미래인 서기 2037년, W국의 생명공학 국가연구소 2007호실. 늦가을 오후의 햇살이 조금 비치는 이곳은 제인 박사의 연구실이다. 제인 박사는 연구실 한편에서 이제 막 실험을 끝낸 역전사 효소의 뇌세포 내 활성화 자료를 출력하고 있었다.

제인 박사는 인간의 두뇌가 기억을 찾아서 연상하며, 그 연상된 것을 인간이 어떻게 인식하고 분간하는가에 대해 지난 15년간 연구해 왔다. 그러니까 기억을 찾아서 전개하고 느끼는 과정의 매커니즘을 연구하는 것이다. 기억의 전개에 대한 연구는 다양한 심리학적인 요소와 개인차가 심해서 인지하는 과정이 매우 복잡하여 수치로 정량화하기가 어려웠다. 그러므로 연구결과도 지지부진하였다. 제인 박사 역시 이런 여러 문제가 있다는 걸 인식하고 기억을 전개하는 방법을 찾아서 십수 년간 노력하였으나, 그럴듯한 추론만 해낼 수 있을 뿐 정확한 내용을 알 수는 없었다.

그는 연구 방향을 바꾸어 뇌의 기억세포인 뉴런의 기억 재생 속도를 늦추면 결국 개인이 가지고 있는 모든 기억을 찾아서 현실에서 전개할 수 있지 않나 하는 가설을 세우고, 그렇게만 된다면 인간 개개인이 학습한 모든 정보를 적절히 재생할 수 있으므로 누구든지 자신의 능력을 최고로 발휘할 수 있다는 가정하에 연구를 진행했다. 즉 잊어버리거나 하는 일 없이 수집한 모든 정보를 구사할 수 있는, 일종의 초능력을 가진 신인류가 탄생하리라 생각하고 뇌의 기억 재생 속도를 현재보다 100만 배 느리게 할 수 있는 방법을 연구하게 된 것이다.

그러나 기억 재생 속도가 100만 배 느려져도 현실에서는 아무런 차이를 느낄 수 없는 분자 세계에서의 일이며, 기존 뇌세포가 매 초당 10^6 헤르츠의 속도로 진동하는 것을 고려할 때, 인간이 인지하는 정보의 속도는 별다른 차이가 없다는 것이다.

남들은 정보 처리 속도를 올리려고 난리인데 제인 박사는 세포의 정보 인식 반응 속도를 오히려 낮추려고 했다. 그래서 연구하는 내내 주변의 비난과 비웃음을 얼마나 받았는지 모른다.

제인 박사의 생각은 단순했다. '너무 빠르니까 정보를 인식하지 못한다.'는, 너무나 단순한 논리였다. 그래서 뇌 속의 뉴런 세포 간 정보 인식 속도를 인위적으로 낮추는 방법을 찾고 있었다. 기억 속 정보는 세포 내에 뉴런의 전기적 파동으로 저장되어 있고, 정보를 검색하는 검색 세포가 강한 파동부터 우선 검색을 하니 많은 정보를 찾지 못한다는 것이다. 즉 검색 세포가 속도를 낮추고 서서히 작동하면 약한 파동을 우선하여 재생하므로 우리 인간이 모든 기억을 활용할 수 있다는 것이다.

어찌 되었든 오늘 제인 박사는 그동안의 노력의 결과를 들여다보고 있다.

뇌 속의 단백질 구조인 뉴런 세포가 전기적인 파동을 담아서 원자 수준의 극히 작은 진동과 세포로서의 모습을 보이는 분자 수준에서 자신이 개발한 '역전사 효소 27-G'가 어떤 기능을 하고 있는지 알 수 있을 것이다.

그는 거의 마지막 부분을 읽고 있었다. 하지만 끝까지 읽고 난 그는 힘없이 몸을 뒤로하여 의자에 기대었다.

'또 실패인가---.'

그는 눈을 감고 가만히 있었다. 출력 결과, 뇌세포는 정보 인식 분량과 속도가 급격히 증가하고 인간의 정보 인식 속도는 오히려 느려진다는 다소 상반된 연구 결과가 나온 것이다. 그가 원한 정보는 세포의 정보 인식 속도는 느려지지만, 반대로 인간의 정보 인식 속도는 그대로이거나 다소 빨라지는 결과였다.

그래야만 소위 학습의 기능과 정보 처리 능력 여부에 따라 생기는 개인차가 줄어들고 누구나 우수한 인재가 될 수 있기 때문이다. 한 번 배우거나 본 것을 모두 기억하고 재생할 수 있으니까.

오후의 햇살도 어느덧 줄어들고 있었다. 어느새 주변을 야간 조명등이 비추고 있었다.

다음날, 제인 박사는 늦게 연구실에 출근하였다.

연구원인 '카일' 양이 일찍 나와서 연구 자료를 읽고 있었다. 그녀는 제인 박사가 들어와도 인사를 하거나 맞이하지 않았다. 그 대신 조용히 커피 잔을 건네주었다.

카일 양은 제인 박사의 심기를 건드리고 싶지 않았고, 연구 결과가 신통치 않다는 것을 알고는 조심하게 되었기 때문이다.

그녀는 제인 박사를 존경하고 있었다. 또한 이 분야의 전문가로 성공하고 싶어 5년째 그녀의 연구실에서 연구원으로 근무하고 있었다.

같은 여자로서 제인 박사의 성공을 진심으로 원하고 있기도 했다. 제인 박사의 성공은 자신의 성공이기도 하기 때문이다.

제인 박사는 카일 양에게 연구지시를 하였다.

"오늘 어제의 연구 결과를 가지고 동물 실험을 해봐요."

"알겠습니다."

"3개 정도의 그룹을 만들고 각각 약물의 용량을 정해 실험을 합시다."

"그게 좋겠습니다."

그날 밤, 카일은 실험용 쥐들이 조용하고 도저히 움직이질 않아서 쥐들을 자세히 살펴보고 있었다. 그녀는 평소와 달리 쥐들이 뛰지도 않고 박스 안에서 조용히 있는 것을 관찰했다.

혹시 실험의 부작용으로 죽은 것은 아닌가 하고 염려가 되었다.

솔직히 이제 연구비도 더 받아낼지 자신이 없었다. 실험용 자재나 약품 구입, 실험용 쥐 구입 비용까지도 부담이 되는 지경에 이른 상태였다.

그렇게 쥐를 관찰하던 그녀는 이상한 점을 발견했다. 쥐들이 음식을 먹지도 않고 움직이지도 않는 등 너무 조용했던 것이다. 그런데 컴퓨터상으로는 모두 건강하고, 생명 반응도 이상이 없었다.

그녀는 쥐들의 뇌파를 검사하였다. 3개 그룹 모두 뇌파에도 이상이 없었다. 다만 효소를 제일 많이 투여한 제3 그룹의 뇌파 진동 폭이 조금 높았다. 물론 심장 박동과 호흡 모두 이상은 없었다.

카일은 조금 쉬기로 하고 연구실로 올라왔다. 그러면서도 그녀는 그 원인을 계속 생각하고 있었다. 연구실로 올라왔지만 왠지 모를 불안감에 연구실에 앉아 있을 수가 없었다.

결국 그녀는 다시 지하로 내려갔다. 그리고 깜짝 놀랐다. 실험용 쥐들이 모두 죽어 있었다. 불과 30분 사이에 모두 죽은 것이다.

컴퓨터에는 생명 반응이 전혀 나타나지 않았다.

다음날 제인 박사와 카일은 죽어버린 쥐들을 살펴보았다.

별다른 이상은 없었다. 아니, 원인을 알 수 없었다고 하는 편이 옳을 것이다.

쥐를 살피던 제인 박사는 무엇인가 놓친 것이 있다는 것을 직감하였다. 가끔 있는 일이지만, 연구를 하다 보면 무엇인가 빠뜨리거나 놓쳐서 전혀 다른 연구 결과가 나오는 경우가 있었기 때문이다. 어떤 경우에는 원하는 결과값이 아니라 예측하지 못한 엉뚱한 결과가 나오는 경우도 있었다.

제인 박사는 최종 출력 결과를 원점에서 재검토하는 것이 좋겠다고 생각했다.

그녀는 불안해하는 카일 양을 데리고 연구실로 올라왔다. 그리고 각자 컴퓨터 자료를 다시 읽어보고 토론하기로 했다.

일단 죽은 쥐들의 시체를 임상실험센터와 핵자기센터에 보내 세균 감염과 생화학적 문제, 물리적 변화 등을 검토하기로 하였다.

제인 박사는 생각에 빠졌다. 세포 인식 속도가 급격히 증가하여 뇌세포가 파괴된 건가? 아니면 처리 속도를 이기지 못한 뇌세포가 어떤 원인으로 자연 연소하게 된 건가? 그도 아니면 세균 감염인가?

복잡한 생각이 꼬리를 물었다.

곁에 있던 카일이 말을 걸어왔다.

"박사님, 생물학적인 원인이 아니라 물리적 원인일 수도 있습니다."

"왜 그렇게 보는 거야?"

"임상실험센터와 핵자기센터에서 보내온 1차 자료를 보면, 생체 반응은 크게 달라진 것이 없다고 합니다. 오히려---."

"그래, 그게 뭔데?"

"핵자기센터의 3차원 입체 영상과 전자파 검사 결과, 세포 내 전하량이 급격히 증가하였다고 합니다. 이게 1차 검사 의견입니다."

"쥐들이 죽으면 자연히 세포 내 전하량이 감소하는 것 아닌가?"

"컴퓨터의 생명 현상 기록 장치의 자료와 연구소의 의견을 간단히 조합해보면 쥐들이 죽기 전에 뇌파의 급격한 증가가 있었고, 이 급격한 뇌파의 증가가 뇌의 활동 정지를 초래해 쥐들이 죽었다고 하면… 지나친

비약인가요?"

제인 박사는 고개를 젖히고 카일의 말을 생각해 보았다.

뇌파가 갑자기 증가한다는 말에 신경이 예민해졌다.

"카일, 왜 뇌파가 갑자기 증가한 거지?"

"그건 저도 잘 모르겠습니다."

그때, 갑자기 연구실 문이 열리면서 핵자기센터의 연구원인 로버트가 찾아왔다

"하이, 로버트."

카일이 반갑게 맞이하였다.

"두 숙녀분이 계시는데 노크도 없이 문을 열어서 미안합니다."

"좋은 소식이나 주세요."

제인 박사가 핀잔을 주었다.

"뭘 드릴까?"

카일은 그래도 같은 나이 또래라 관심이 가는 모양이었다. 남녀 관계란 예나 지금이나 그렇고 그런 것인지, 카일은 연구 결과보다는 상대가 남자라는 사실에 더 흥분하고 있었다.

"뭐, 커피 한잔이면 족하죠."

"빨리 좋은 소식이나 내놔요."

제인 박사가 두 사람에게 웃으면서 손짓을 하였다.

"예. 정말… 조금은 이해하기 곤란합니다. 쥐들의 생명 현상을 정밀 분석한 결과, 모두 17번이나 죽었다가 다시 살아났습니다. 쥐의 뇌파 자료를 통해 알게 된 것이죠. 도저히 이해할 수가 없습니다."

"그게 무슨 말인지?"

제인 박사와 카일은 동시에 물었다.

"두 분 모두 이해가 안 될 거예요. 저도 마찬가지입니다. 다시 말하자

면, 심장이 멎고 호흡도 잠시 중단되었다가 그 직후 다시 심장이 뛰면서 뇌파가 안정되는 괴상한 흐름이 무려 17번이나 반복되었다는 겁니다. 그것을 16번 반복하고 17번째에 모두 죽었습니다. 컴퓨터 자료이니 틀림없습니다."

제인 박사와 카일 모두 말이 없었다.

도대체 쥐들에게 무슨 일이 생긴 것일까? 두 사람은 생각에 잠겼고, 연구실에는 어색한 정적이 흘렀다.

제인 박사가 말문을 열었다.

"로버트. 좀 더 자세히, 그리고 예상되는 이유를 말해보세요."

"글쎄요. 저도 이런 현상은 처음입니다. 혹시 쥐들이 시간여행을 해서 죽었다가 다시 살아난 것이 아닌가 하는 바보 같은 생각까지 하는 중이라고요."

"당신, 이상한 말 하지 마세요."

당장 카일이 거들었다.

"시간여행?"

제인 박사는 너무나 엉뚱한 말에 맥이 풀렸다. 말도 안 되는 소리였다.

"꼭 시간여행이라기보다는… 어떤 현상에 의해서 죽음 직전의 상황이라고 할까요? 그러니까 컴퓨터 기록 장치에는 죽은 것으로 나온 거죠. 모든 수치가 죽음과 유사하니까."

로버트는 자기의 상상을 거리낌 없이 말했다. 그는 물리학을 전공하고 있는 수재이며, 이미 학계에서도 촉망받는 인재로 인정받고 있는 젊은이였다. 그는 자신의 생각을 그대로 말하고 있을 뿐이었다.

"그렇다면 약물을 복용한 쥐들이 17번이나 죽었다가 다시 살아난 것이 현실에서 가능한가요?"

카일이 기가 찬다는 듯이 로버트를 책망했다.

"이론상으로는 가능하지요. 비록 컴퓨터에 표시된 결과를 보면 죽었지만, 쥐들의 뇌파가 시간여행을 해서 시간이 확장되었다면 컴퓨터상에 표시된 몇 초간의 사망상태는 쥐들의 뇌파가 시간 확장을 계속 연장되는 효과가 있었을 거예요."

"시간 확장이라---."

제인 박사는 전례 없는 논리 앞에 할 말이 없었다.

사실, 생명공학자는 물리적 현상을 잘 알지 못하며 이해하기도 어렵다. 그저 평범한 수준이거나 평범한 사람보다 조금 나은 수준으로 알고 있다고 하는 편이 옳을 것이다.

그러나 지금 제인 박사와 카일은 이번 실험 결과의 원인을 밝혀야 하는 중대한 기로에 있기 때문에 로버트의 말을 결코 무시할 수가 없었다.

제인 박사는 곰곰이 생각해 보았다.

컴퓨터의 출력 결과를 기반으로 생각하던 그녀는 쥐들의 뇌 기억 세포의 정보 인식 속도가 급격히 증가하여 무슨 문제가 발생한 것이 아닌가 하는 묘한 생각을 했다. 불과 조금 전까지도 로버트의 생각을 말도 안 되는 소리라고 치부했던 자신이지만, 갑자기 무엇인가 이상한 흔적에 끌리는 것을 느꼈다. 제인 박사는 다시 자료를 읽기 시작했다.

"로버트. 만약 나의 역전사 효소 27-G가 쥐의 뇌세포 중 기억 세포의 활동을 급격히 증가시킨다는 가정을 하면, 당신이 말한 그 이해할 수 없는 시간 확장 같은 일이 일어날 수 있을까?"

"글쎄요, 단순히 세포의 활동 증가로는 설명이 어렵고… 우리는 알 수 없는 현상에 의해 쥐의 뇌세포 전체가 동시에 진동하는 유기체가 되어 정보를 전달하거나 진동하게 되면, 전자기파의 광속 현상으로 최소한 시간이 정지할 수는 있겠지요."

"뭐요? 시간 정지?"

제인 박사가 갑자기 소리쳤다.

그렇다! 그 순간 제인 박사는 강렬한 영감을 느꼈던 것이다.

세포의 정보전달이 광속에 접근하는 순간, 시간이 느려지면서 기존의 뇌 신호가 아닌 집단적인 유기체로 변하여 뇌 속의 시간이 느려지지만, 바깥에 있는 전달 세포는 평소대로 정보를 전달하므로 이원적인 정보 전달이 쥐의 뇌 속에서 일어났다는 것을 그녀는 추론할 수 있었다. 즉, 쥐는 뇌를 통해서 고작 몇 분 동안 일생을 살고 죽음을 맞이했다. 그러나 실제로 쥐의 몸은 죽은 것이 아니므로 몇 초 뒤에 다시 생명현상을 시작했고, 뇌는 다시금 쥐의 일생이 파노라마처럼 전개했을 것이다. 시간이 정지한 상태이므로 몇 달이란 시간이 영겁처럼 흘러갔을 것이고. 인간이 살고 있는 현실 세계에서는 불과 몇 분에 불과한 시간이지만, 쥐의 뇌 속에서는 몇 달이 흘러가는 기이한 현상이 일어났다고 짐작할 수 있었다. 그 행위가 17번이나 반복되니 결국 장시간 동안 뇌를 혹사한 결과가 되어 쥐들이 죽게 된 것이라는 사실을 제인 박사는 이해할 수 있었다.

그러나 실제 그런 일이 일어났는지 알 수 없고, 이번 실험 결과도 명백한 자료가 될 수 없었다.

증명할 수 있는 방법이 한 가지 있기는 하였다.

바로 제인 박사 스스로 모르모트가 되어 본인이 개발한 역전사 효소 27-G를 주사하고 그 결과를 보는 것이다. 이제 연구비도 바닥났고, 지난 15년간 투자한 결과도 신통치 않았다. 수많은 문제가 그녀 앞에 놓여 있었다. 이번 연구와는 관계없이 연구비 지원요청은 하지 못할 것이며, 지원요청을 하더라도 연구비 지원은 기대할 수 없다. 그녀는 그 모든 것을 알고 있었기에 이번 연구 결과가 매우 중요하다고 생각했다. 게다가 자신과 함께 고생한 카일에게도 기회를 제공해줘야 한다는 강박관념도 있었다.

다음날. 제인 박사는 카일에게 의미심장한 말을 하였다. 하지만 카일은 도저히 받아들일 수 없었기에 반대했다.

"제대로 검증되지 않은 약품의 임상실험을 박사님께서 직접 하시는 것은 너무 위험합니다."

"카일, 나의 부탁을 꼭 들어줘야 한다. 나의 연구 인생의 마지막 기회야. 부탁이다."

하지만 카일은 결코 수용할 수 없다면서 반대하였다.

두 사람의 논쟁은 결국 해결되지 않았다. 카일은 로버트를 찾아가서 이 문제를 의논했고, 로버트 역시 있을 수 없는 일이라며 반대였다.

제인 박사는 아무도 자신의 몸을 이용해 실험하는 것을 허용하지 않을 것이라는 사실을 짐작했다. 그리고 그녀는 이제 더 이상 미룰 수 없는 시점이 되었다는 생각을 하였다.

제인 박사는 카일에게 메시지를 남겼다.

"미안해, 카일."

너무나 짧은 메시지였지만, 카일은 즉시 알아차렸다. 제인 박사의, 어쩌면 인생 마지막 메시지일 수도 있다는 비장한 심경을 알 수 있었다. 카일은 메시지를 보자마자 즉시 차를 몰고 국립연구소로 달려갔다. 그녀는 도움이 필요할 것이라는 생각에 로버트에게 전화를 걸었다. 로버트 역시 깜짝 놀라면서 기꺼이 가겠다고 했다.

그 사이 제인 박사는 연구소 침대에 누웠다. 침대에 누운 채 그녀는 음성 녹음을 시작했다.

"나는 지금부터 약물을 주사한다. 약물명은 역전사 효소 27-G이다. 투여량은 20cc이며, 반응 시간은 6분 후로 예상한다. 지속시간은 약 3분 정도로 예상한다."

그녀는 잠시 창밖을 응시하다가 어린 시절 공부 못하던 친구를 생각했다. 공부를 못한다는 것은 결코 잘못이 아님에도 선생님과 친구들에게 놀림감이 되었던 단짝 친구를 생각했다. 울고 있는 단짝 친구의 눈빛을 그녀는 지금도 기억한다. 그 일은 그녀가 뇌 기억력 회복 연구에 일생 동안을 매달리는 계기가 되었다.

"3분 후에도 깨어나지 못하면 어찌 될지 나도 모른다. 나의 뇌파와 호흡, 심장박동 등은 컴퓨터를 통해 출력되고 있다. 만약 내가 죽더라도 나의 연구는 계속되기를 바란다."

그녀는 주사기를 들었다.

"현재 시각은 2037년 11월 28일 오후 3시 29분이다. 컴퓨터와 카메라를 켠다."

제인 박사는 주사기를 자신의 왼쪽 팔에 있는 혈관에 찔렀다. 그러자 곧바로 의식이 흐려졌고, 그녀는 주사기를 떨어뜨렸다.

그녀가 개발한 역전사 효소 27-G는 인체의 뇌 속 뉴런 세포와 반응하여 정보 검색을 담당하는 세포의 활성 속도를 낮추어서 기억과 관련된 정보를 전부 재생하여 학습의 효과를 완벽하게 보장하고, 기억의 상실과 관련된 사회적 문제나 개인적인 질병을 예방하고자 만들어낸 것이다.

그녀는 깊은 수면 상태에 진입하였다.

그녀가 예상한 대로 약물을 투입하고 6분이 경과한 후로부터 3분 동안 뇌의 기억세포를 활성화하고 정보 검색을 담당하는 기억 검색 세포가 속도를 늦추기만 하면 모든 사람이 모든 기억을 재생하고 활용할 수 있게 된다. 그럴 경우 그녀의 연구는 성공하는 것이다. 만약 예상이 빗나간다면 이미 죽은 쥐들과 같이 원인조차 알 수 없는 형태로 생명을 잃을 것이다.

그러니까 9분 뒤에 깨어나야만 한다.

한편 연구소 입구로 카일이 뛰어오고 있었다. 비슷한 시간에 로버트도 연구소에 도착하였다. 두 사람은 곧바로 2층에 있는 제인 박사의 연구실인 2007호로 뛰어갔다. 하지만 출입문은 잠겨 있었다.

로버트가 창문 유리를 부수고 들어갔다.

이미 제인 박사는 약물을 투여하고 수면 상태에 들어간 뒤였으며, 컴퓨터에는 제인 박사의 몸 상태를 알려주는 프로그램과 뇌파기록장치가 작동되고 있었다. 중앙 화면에는 뇌파로 유추한 연상(聯想) 화면이 가동되고 있었다.

연상(聯想) 화면은 비록 완벽하지는 않더라도, 뇌 속에 떠오르는 영상을 비교적 구체적으로 보여주는 장치였다.

"로버트! 뭔가 좀 해보세요!"

"카일, 지금은 움직이면 위험해요."

두 사람은 그저 애만 태우면서 녹음장치를 작동시켰다. 녹음된 제인 박사의 목소리를 들은 두 사람은 시간을 확인하고 제인 박사의 상태를 살펴보기로 마음먹었다.

"6분이 경과했어요. 이미 뇌 속의 기억 세포에 효소가 작용하고 있어요."

"저 화면을 보세요."

카일은 급박한 상황 속에서 적극적인 대응을 하고 있었다.

화면에는 제인 박사의 기억으로 보이는 여러 영상이 흘러나오고 있었다. 두 사람은 컴퓨터의 중앙 영상처리 장치에 집중했다.

제인 박사의 어린 시절 기억이 보였다. 탄생 직후 제인 박사를 안고 즐거워하는 어머니와 아버지, 그리고 가족들…. 그러다 갑자기 화면의 속도가 걷잡을 수 없이 빨라졌다. 컴퓨터가 감당할 수 없는 속도로 화면이 빨리 전개되면서, 영상이 빨리 감기는 모습만 보이고 정작 제대로 된 화면은 볼 수 없었다. 뇌파 기록 장치는 엄청난 속도로 진행되는 사고를 따라가고자 했고, 그 결과 화면은 온통 까맣게 물들었다.

컴퓨터의 연산 속도가 너무 빨라서 부속품이 가속하기 시작했고, 그 결과 연구실 주변까지 진동하기 시작했다. 컴퓨터를 비롯한 각종 기기가 폭발할까 걱정된 카일과 로버트는 공포에 휩싸이게 되었다.

"로버트, 중지할 방법이 없나요?"

카일이 다급하게 소리쳤다.

"중지할 방법이 없어요. 이건 생물학적인 반응이라 멈출 수 있는 스위치 같은 게 없어요."

수정란의 세포 분열 같은 생물학적인 반응은 멈출 수 없듯이, 지금 일어나고 있는 제인 박사의 뇌파 이상 진동은 생물학적인 이유로 벌어진 것처럼 보였다. 그래서 로버트는 중지할 수 없다고 말한 것이다.

두 사람은 컴퓨터가 폭발할 것 같아 침대 옆으로 몸을 숨겼다.

제인 박사의 몸도 컴퓨터의 진동으로 침대가 흔들려서 요동치고 있었다.

침대 뒤에 숨어 있던 카일이 갑자기 소리를 질렀다

"박사님을 보세요."

그녀는 침대 위의 제인 박사를 가리켰다. 로버트는 왜 그러는지도 모르고 카일이 말한 대로 제인 박사를 보았다. 그리고 로버트는 깜짝 놀랐다.

제인 박사가 급격하게 노화하고 있었다. 원래 제인 박사는 40대 중반의 여성이었다. 그런데 지금은 60대 노인이 되어 있었다. 그러다가 빠른 속도로 70대 노인이 되었고, 이내 80대 노인으로 변했다.

얼굴에 주름이 생기고 피부는 거칠어졌으며 머리는 빠지기 시작하였다.

너무나 순식간에 벌어진 일이라 도저히 정신을 차릴 수가 없었다.

그렇게 제인 박사를 관찰하고 있는데 갑자기 화면이 느려지고 진동과 각종 소음이 사라지면서 주변이 조용해졌다. 두 사람은 천천히 침대 뒤에서 빠져나와 컴퓨터로 향했다.

컴퓨터 뇌파 연상(聯想) 화면에는 노인이 되어 병상에 누운 제인 박사가 보였다. 주변에는 제인 박사의 가족이 모두 모여 있었다.

도대체 저게 무슨 황당한 장면인가?

제인 박사는 평화로운 모습으로 죽어가고 있었다. 가족도 제인 박사도 모두 평화로워 보였다.

제인 박사는 불과 3분 만에 80대 노인이 되어 평화롭게 죽음을 맞이했다.

카일과 로버트는 너무나 혼란스러웠다. 이해할 수 없는 일이 눈앞에서 벌어져 공포에 사로잡힌 두 사람은 서로를 껴안고만 있었다.

그렇게 공포에 굳어 있던 카일은 이내 눈물을 흘렸다. 그녀에게는 스승이기도 했던 제인 박사가 이렇게 떠난 것이다. 그녀는 제인 박사의 고독과 절망을 잘 알고 있었다.

제인 박사가 사망한 이유는 알 수 없었다. 사람의 뇌가 수용할 수 있는 한계를 넘어간 과도한 전자기 파동이 관측되었다는 점, 그리고 3분 동안 80년의 인생이 흘러간 것만을 짐작할 수 있을 뿐이었다.

그로부터 8년 후. W국 수도에 위치한 중앙병원의 암 환자 병동.

"카일 박사님, 환자가 기다립니다."

카일 박사는 30대 후반의 멋진 여성 의학자로서 W국이 자랑하는 뇌 신경 분야의 권위자이다.

그녀는 오늘 죽음을 앞둔 암 환자의 안락사를 감독한다. 여기서 가장 중요한 것은 그녀가 개발한 '뇌세포 시간 지연 효소' 주사제이다. 이 약물은 죽음을 앞둔 환자에게 안락사가 필요할 때, 환자가 요청하고 가족과 의료진이 동의해야만 투여할 수 있었다. 이 주사를 맞으면 3분 동안 본인이 살면서 경험한 모든 일이 다시 재생된다. 심지어 재생되는 기억을 본인이 원하는 방향으로 틀어서 전개할 수도 있어, 불과 3분이라는 짧은 시간 동안 약 100년간의 인생이 파노라마처럼 흘러가며, 자신이 원하는 방법으로 죽음을 맞게 된다. 간단히 말하면 뇌의 기억 세포가 시간여행을 하는 걸 도와주는 것이다.

실제로 지나가는 시간은 3분이지만, 환자는 100년의 시간을 실제 상황처럼 느끼면서 행복하게 살다가 죽음을 맞이하게 된다. 그 때문에 비용이 상당히 비싸다. 그러나 장점이 너무 많아서 많은 사람이 자기 순서를 기다린다.

그녀는 오늘 한 명의 환자만 지켜보고 퇴근하려 한다. 남편인 로버트를 비롯해 '제인 박사 기념재단'의 직원들과 저녁 식사 약속이 있기 때문이다.

청동기의 비밀

토요일 오후 5시. 한국의 아마추어 고고학자 C 박사는 그날도 고대 중국 상나라 시대의 청동기 한 점을 만지고 있었다. 어쩌다 시간이 나는 날이면 그는 자신의 서재에 들어가서 청동기의 고아한 멋을 감상했는데, 이 시간은 그에게 있어 정말 즐거운 시간이었다.

중국 고대 청동기는 기원전 1500년경에 나타난 상(商)나라 시대 물건으로, 오늘날 안양 은허를 중심으로 출토되고 있다. 이 유물들은 고대인의 예술과 문화를 알 수 있는, 참으로 소중한 인류의 문화유산이다.

특히 도철문과 뇌문의 표현 기법은 그들의 높은 심미안과 예술성을 보여주며, 각종 상징 문양, 그러니까 매미, 개구리, 원숭이, 뱀, 새, 소 등의 도안은 각 시대별로 양식적인 변화를 보여준다. 어떤 것은 당시 사용한 상형문자가 새겨져 있어 더욱 의미가 깊기도 했다.

아마추어 고고학자인 C 박사는 중국 고대 청동기의 복잡미묘한 미술적 아름다움과 아득한 고대의 상형문자에 매료되어 언제부터인가 청동기를 수집하게 된 것이다.

그날은 그동안 자주 접촉하지 못한 조그마한 청동기 한 점을 수건으로 닦아주면서 감상하고 있었다. 그런데 자세히 보니 그동안 보지 못한 구멍이 5개가 뚫려 있었고 처음 보는 상형문자가 뒤편에 음각되어 있었다. 그런데 이 모든 것이 여태까지 본 적 없는 매우 기이한 형상을 하고 있었다. 그동안 무심코 지나친 것이 안쓰러워 더욱 소중히 만져보고 있었다. 그는 청동기의 그 신기한 모습에 몰입해 자신을 잊을 정도로 깊은 미적 감동에 빠져들었다.

그 순간, 그의 아내인 L 여사가 서재 문을 갑자기 열고는 다짜고짜 소리쳤다.

"당신 또 골동품 보고 있어요?!"

너무 집중하여 쳐다보고 있던 C 박사는 아내의 외침에 깜짝 놀라 그만 청동기를 바닥에 떨어뜨리고 말았다.

'깡!' 하는 소리와 함께 청동기가 방바닥에 떨어져 종처럼 소리를 내었다. 매우 큰 충격을 받은 것인지 제법 큰 음향이 방을 울렸다.

C 박사와 그의 부인도 갑작스런 종소리에 놀라 순간 말을 잃었다.

청동기가 떨어지면서 난 종소리는 방 안에 남아 여전히 작게나마 울리고 있었다.

그의 부인인 L 여사는 좀 멋쩍은지 슬쩍 문을 닫고 나가버렸다.

하기사 허구헌 날 바쁘다는 핑계로 싸돌아다니고, 집에 일찍 오는 날에는 그놈의 골동품인가 청동기 인가를 들여다보고 있으니 L 여사도 속에 천불이 날 만도 했다. 그 결과 이런 해프닝이 벌어진 것이다. 그러니 C 박사도 별로 할 말이 없었다.

그렇게 부인이 방을 빠져나가자 C 박사는 방바닥에 떨어진 청동기를 들어서 깨진 곳이 없나 살펴보았다. 다행히 깨진 곳은 없었다. 정말 안심이 되었다. 그런데 좀 전에 울리던 종소리가 다시금 울리는 것 같았다. 무언가 잘못된 것 같은 느낌이 들어 청동기를 위로 높이 들어보기도 하고 다시 아래로 흔들기도 했으나 똑같은 현상이 이어졌다.

아니, 오히려 자극이 되었는지 진동이 점점 커지면서 이제는 일정한 주기를 갖고 소리를 내는 이상한 현상이 발생하고 있었다. 한 번 '부웅' 하고 울면 다시 2초 정도 있다가 '부웅' 하고 우는 형식이었다.

그 현상을 목도한 C 박사는 갑자기 무서웠다. 순식간에 공포가 밀려왔다.

하지만 멈출 수 있는 방법이 없었다. 할 수 없이 책상 위에 올려놓고 방구석으로 물러나 쳐다보는, 정말 소극적인 자세로 대책 없이 바라보기만 했다. 그러자 이제는 한술 더 떠서 약간의 발광현상까지 생기는 것 아닌가? 빛은 미미하였으나 붉은색을 띠고 있었다. 처음에는 희미하게 보이더니 점점 밝아지면서 제법 강하게 방 안을 비추었다.

C 박사는 너무 황당한 사태에 그 청동기를 가만히 보고만 있었다. 하지만 더 이상 참을 수 없었던 그는 용기를 내어 청동기가 있는 책상으로 걸어가서 가만히 들여다보았다. 빛은 수직으로 솟아올랐는데, 1m 정도 되는 촛불 같은 형태를 보이고 있었다. 발광현상이 지속되자 진동음이 서서히 줄어들고 있었다. 그러더니 갑자기 진동음이 뚝 끊어지고 조용해졌다.

C 박사는 진땀이 났다. 난생 처음 겪는 해괴한 일이니 뭐가 뭔지 알 수가 없고, 무섭기도 하고, 마치 꿈꾸는 것 같기도 해서 마음이 심란했다.

그 순간, 방안에 괴상한 형태의 외계인 같은 인간이 나타났다. C 박사는 혼비백산했고 숨이 막혔다. 말이 나오지 않았다. 그 인간은 청동기에서 솟아 나온 불빛 안에서 C 박사를 바라보고 있었다. 자세히 보니 실제 사람은 아니고, 무슨 영화에서 보던 3차원 입체영상 같은 모습이었다. C 박사는 너무 놀란 나머지 몸이 굳어져서 꼼짝을 못하고 그 영상을 바라보고만 있었다.

"당신은 누구요?"

C 박사는 더듬거리며 물었다.

"우리는 지구에서 120광년 거리에 있는 제나 태양계에 소속된 R혹성의 은하계 탐사대이다."

"R혹성? 제나 태양계?"

그는 지금 이 인간이 무슨 귀신 씻나락 까먹는 소리를 하는지 모르겠다는 생각이 들었다. 멀쩡한 주말 토요일 오후에 갑자기 이게 무슨 날벼락 같은 일인지… 정말 기가 막혔다. 영화에서나 일어날 법한 일이 자신에게 일어난 것이 아닌가 생각했다.

"저는 당신을 모릅니다. 도대체 무슨 일인지요?"

"우리도 귀하를 알지 못한다. 그대는 누구이며, 왜 R혹성의 화성 탐사 기록을 가지고 있는가?"

"뭐? 화성?"

그는 한마디로, 머리가 돌 것 같았다.

"그렇다. 당신들이 살고 있는 지구의 역사로 따지면 기원전 1500년, 지금 지구는 기원후 2020년이니 약 3,500년 전에 우리 R혹성의 은하계 탐사대가 화성에서 임무를 수행하고 지구로 내려왔다. 당시 중국은 상나라 시대였는데, 양쯔강 부근에서 휴식을 취하던 탐사대는 내부의 사고로 모두 사망하고 연락이 두절되었다."

"그게 나하고 무슨 상관이오?"

"당시 화성에는 슈퍼다이아몬드 노천광산이 있었는데, 다이아몬드를 그냥 주워서 자루에 담으면 되는 노천 광산이었다. 심지어 가공이 필요 없는 100% 천연 다이아몬드였지. 그곳에서 채취한 다이아몬드는 무려 3,000,000,000(30억) 캐럿이었다. 그것을 본국으로 운반하던 도중 우주선 고장으로 금성의 비밀장소에 보관하였는데, 지구에서 우주선을 수리한 후 서로 그 다이아몬드를 가지려고 싸우다가 모두 죽고 본국과의 연락도 두절되었다."

"30억 캐럿이라고요?"

C 박사는 큰 호기심을 가졌다. 방금 전까지 느끼던 황당함은 벌써 잊고 다이아몬드에 관심이 쏠린 것이다.

"이야기하자면 길다. 탐사대로부터 연락이 끊긴 후, 우리는 전 지구를 뒤지고 다녔다. 하지만 금성에 다이아몬드를 보관 중인 비밀장소가 입력된 메모리 장치는 끝내 찾지 못하고 철수하게 되었다."

"그러면 당신은 누구요?"

"우리는 철수하면서 지구 상공 700㎞에 지구 탐사 우주선을 설치했다. 나는 지구 탐사 우주선에 탑재된 인공지능 로봇인 V-56, '에모'이다. 내 몸은 실리콘으로 이루어져 있다. 나는 공간투영과 초광속 통신은 물론이고, 지구상에 존재하는 6,000개의 언어를 해석하는 능력과 지하 1,500m까지 투사할 수 있는 자기 빔을 갖추고 있다. 당신들의 기술로는 나를 따라올 수 없다."

"그건 그렇다 치고, 무려 3,500년간 지구 상공에 떠 있었단 말이오?"

"그렇다. 그러나 기계는 나이를 먹지 않는다. 항상 오늘만 있을 뿐이다."

"나는 도대체 왜 이런 일이 오늘 오후에 일어났는지 알 수가 없소. 미치겠소."

"당시 죽어가던 마지막 대원이 고대 중국 상나라 시대의 청동기에 다이아몬드를 감춘 비밀장소의 좌표가 입력된 R혹성의 통신용 메모리 장치를 심어 놓고 죽었으며, 메모리 장치 발신기는 고장이 나서 신호가 두절되었지. 그 청동기는 많은 골동품 애호가들의 손을 거쳐 당신에게로 왔고. 그리고 오늘 당신이 그 청동기에 설치된 통신용 메모리 장치의 무선 신호를 우연히 작동시켜 지구 상공에서 3,500년을 기다린 나의 주파수 감청 장치에 즉시 추적이 된 것이다."

"그래서 이제 어찌할 계획이요?"

"지금 당신이 가진 청동기를 나에게 인계하면 모든 것이 끝난다."

"지구 상공에 떠 있는 당신에게 어떻게 전달할 수가 있겠소?"

"방법은 있다. 나의 우주선을 당신이 있는 곳에 착륙시키면 된다."

이때 밖에서 C 박사의 부인인 L 여사가 소리를 질렀다.

"지금 방 안에서 미친 사람처럼 혼자서 무슨 이야기를 하고 있는 거예요?"

순간 정신이 번쩍 든 그는 주변을 둘러보았다. 아무도 없고 귀신같은 영상만 방 안을 비추고 있었다.

"여보, 아무것도 아니에요. 핸드폰으로 통화하고 있어요."

C 박사는 적당히 둘러대었다.

"당신 부인인가?"

"그렇소. 당신들의 다이아몬드 보물섬 지도인지 메모리 장치인지 그것 때문에 오늘은 완전히 엉망이 되었소이다. 당신의 만화 같은 이야기 때문에 나는 스트레스를 엄청 받고 있지."

"그것은 미안한 일이군. 그러나 우리의 비밀지도를 당신이 가지고 있는 것은 위험한 일이다. 지금 당신의 집 근처에 착륙할 테니 그 청동기를 돌려 달라."

"아니, 나는 이 골동품을 비싼 돈 주고 샀는데 공짜로 가져간다고?"

"어떤 보상도 할 수 없다. 나는 다이아몬드가 묻혀 있는 메모리 장치만 찾아오라는 본국의 명령만 수행하도록 프로그래밍 되어 있을 뿐이다. 유일한 방법은 본국과 통신하여 당신의 요구사항을 알리고 보상을 요청하는 것이다. 그렇게 되면 보상이 있을 수 있다."

"좋소. 주인의 물건을 찾아주었으니, 그 다이아몬드 중 40%를 나에게 주시오."

C 박사는 다이아몬드를 욕심내서 그런 말을 한 것이 아니었다. 그저

어떤 반응을 보일지 궁금하여 해본 말이었다.

"당신의 의사를 본국에 바로 알리겠다. 그리고 본국에서 오는 지시대로 수행하지."

그러더니 입체 영상이 끊어졌다.

C 박사는 평범한 토요일 오후에 이런 일이 일어났다는 사실을 도저히 이해할 수 없었다. 말 그대로 애들이 읽는 동화나 만화 같은 일이라서, 자신이 꿈을 꾸고 있거나 환상을 보고 있는 것이 아닌가 하고 의심하였다.

방바닥 구석 진열대에 기대어 앉은 그는 천정을 바라보았다. 하지만 아무리 생각을 정리해 봐도 이 급작스런 사태는 도저히 이해가 되지 않았다.

그때, 뭔가 불빛이 번쩍하더니 자칭 R혹성의 슈퍼로봇 V-56 에모가 다시 나타났다.

"본국인 R혹성 연방우주국의 지시를 받았다. 당신에게 다이아몬드를 줄 수는 있으나, 지구에서는 사용할 수 없다고 한다. 슈퍼다이아몬드는 질량이 지구의 다이아몬드보다 2,500배 높고, 그 때문에 너무 무거워 장식용으로 사용할 수 없다. 아름답긴 하지만 지구인의 취향에 맞도록 가공해야 하지 않나. 하지만 지구의 다이아몬드보다 강도가 600배나 강해 지구의 기술로는 가공이 불가능하다. 이런 이유로 당신의 요구를 들어줄 수 없다고 한다."

C 박사는 지구의 다이아몬드와는 완전히 다른 물질이라는 에모의 설명에 크게 실망했다. 사실 그는 슈퍼다이아몬드라는 것에 관심이 있었던 것이다. 물론 가지려는 욕심은 없었지만.

그는 30억 캐럿이라는 상상을 초월하는 양에 일차적으로 놀랐고, 도대체 왜 지구에 와서 서로 싸우면서까지 가지려고 했는지 궁금했다. 또 전

멸하면서 지구의 청동기에 그 다이아몬드를 보관한 장소의 좌표정보를
입력하였는지 등에 관심이 있었다.

"그러면 나만 손해 보라는 거요?"

"그렇지 않다. 당신의 나라, 한국에 있는 다이아몬드 매장지를 알려주
려고 한다. 그러면 당신은 부자가 될 수 있다."

"모르는 소리 마시오. 한국에는 다이아몬드가 매장되어 있지 않소!"

C 박사는 실망한 듯이 말하였다.

"육지에는 없다. 그러나 해저에는 있지."

"뭐? 해저에는 있다고?"

"그렇다. 부산의 다대포 해안에 있는 삼환아파트 바로 앞바다에 해저
노출 다이아몬드 광맥이 있다. 수심이 얕아서 바로 건져 올리면 된다. 그
러면 빛나는 다이아몬드 원석을 볼 수 있다."

"정말이오?"

"그렇다. 매장량은 300억 캐럿 정도이다."

"헉! 300억 캐럿?"

"왜? 부족한가? 부족하다면 지구인들이 소중하게 여기는 희토류원소
인 리튬 광맥을 알려주겠다. 우리 행성에서는 리튬을 합성해서 사용한
다. 그래서 그리 중요하지 않다."

C 박사는 침을 꿀꺽 삼켰다. 그는 도저히 이 상황이 납득이 가지 않았다.

300억 캐럿의 해저 노출 다이아몬드 광맥도 어마어마한 규모인데, 이
번엔 웬 희토류인가 싶었다.

"강원도 철원 북방 비무장 지대에 리튬 광맥이 있다. 지표면이 철광석
성분의 암석지대로 가려진 탓에 발견하지 못하고 있는 것이다. 매장량은
5,000만 톤 정도이다."

"악! 5,000만 톤?"

"왜? 그래도 부족한가?"

"아니, 이제 되었소…."

적절한 보상이 되었다고 에모는 생각하였다. 지구인의 심성을 완전히 알 수는 없지만, 지난 3,500년간 지구 궤도에서 지구인이 벌인 수많은 사건사고와 문화의 변천 등을 보아온 그였기에 아무리 실리콘으로 된 로봇이라도 어느 정도 인간의 본성을 알고 있었다.

C 박사는 갑자기 에모의 소속인 R혹성이 어떤 곳인지 궁금해서 물어보았다.

"당신들이 있는 R혹성은 어떤 곳이오?"

"우리 R혹성은 수만 년의 문명을 이어오면서 행성 간 여행을 할 수 있는 과학기술을 이룩하였다. 그러나 혹성에 거주하는 100억 명의 사람들은 탐욕과 향락, 그리고 무절제한 자원 낭비를 일삼았고, 그 때문에 혹성의 환경이 오염되었다. 급기야는 R혹성의 대기층이 줄어드는 비극이 발생하였다."

"대기층이 줄어들었다고?"

"그렇다. 당신들이 살고 있는 지구도 매년 조금씩 대기를 상실하고 있는데, 지구의 오염을 막지 못하면 대기 상실 속도가 급격히 증가해 지구 멸망이 앞당겨질 수도 있다. 우리 행성은 상공 30㎞까지 감싸고 있던 대기가 최후에는 500m까지 줄어들어 100억 명 중 98억 명이 사망하고 불과 2억 명 정도만 살아남게 되었다."

C 박사는 너무나 충격적인 에모의 설명에 믿기지 않는다는 표정을 지었다. 그런 분위기를 느낀 에모는 슬쩍 C 박사를 보더니 말을 이어나갔다.

"겨우 살아남은 우리는 행성의 오염 없이 에너지를 얻기 위해 노력하였고, 상온 핵융합 기술로 오염 걱정이 없는 청정에너지를 생산하게 되었다. 거기에 필요한 원료가 특수결정체를 가진 슈퍼다이아몬드였는데 이 다이아몬드는 태양계의 화성에만 존재하고 있었고--."

그는 로봇이기는 하나 고도의 기술로 제작된 인공 지능 로봇이라 인간과 유사한 언어 구사 능력과 다채로운 감정표현이 가능했다.

에모는 계속 말을 이어나갔다.

"다시 설명하자면, 우리는 화성의 올림포스 산 인근에서 다행히 10만 년간 R혹성의 상온 핵융합 발전에 사용할 수 있는 원료인 슈퍼다이아몬드를 채취할 수 있었던 것이다. 채취한 다이아몬드를 가지고 귀환하던 도중 우주선 고장으로 부득이하게 금성에 슈퍼다이아몬드를 감추고, 우주선을 수리하기 위한 원소가 있는 지구에 불시착하게 되었다. 그리고 중간 기착지인 지구에서 R혹성에 있는 자기 나라로 원료를 가져가기 위한 암투가 발생한 결과 비극적인 총격 사건이 일어났고 모두 사망하게 된 것이다. 그렇게 슈퍼다이아몬드의 행방은 알 수 없게 되었지. 하지만 시간이 흘러 극적으로 오늘 당신을 만나게 된 것이다."

"그렇다면 원료를 잃어버린 3,500년 동안 당신들의 R혹성은 어떻게 된 거요?"

"우리 R혹성은 자전과 공전주기가 지구보다 5배나 느리다. 지구와는 다른 방식으로 시간이 흐른다. 3,500년은 아니고, 굳이 계산한다면 우리 혹성에서는 600년 정도 흘렀다고 보면 적당하다. 그동안은 다른 행성을 찾아서 조금씩 슈퍼다이아몬드를 구해 겨우 유지만 하고 있었다. 더 많은 자원을 찾기보단 대대손손 행성의 오염 복구에 전력을 기울인 시간이었다."

"지금은 거의 회복이 되었소?"

"그렇지 않다. 한 번 파괴된 행성의 자연환경 복원은 거의 불가능하다. 복구를 위해 다시 자원을 낭비하고 에너지를 소모해야 하기 때문이다.

그러나 우리가 계속 노력한 결과, 지금은 행성의 대기층도 많이 두꺼워졌고 대양의 오염도 상당히 감소했다. 그러나 과거와 같은 좋은 환경으로의 복원은 불가능하다."

"잘 모르지만 정말 고통스러운 세월을 보낸 것 같군요."

"그렇다. 금성에 보관되어 있는 슈퍼다이아몬드만 있다면 상온 핵융합 발전으로 태양과 같은 무한대의 에너지를 아주 저렴한 비용으로 생산할 수 있다. 이는 우리 R혹성의 생태계를 복원하는데 엄청난 도움이 되고, 오염 없이 도시와 생산시설을 복구하는데 결정적인 역할을 하게 된다."

"그러면 이제 가져가시오."

"내가 탑승하고 있는 우주선은 인간의 레이더에 탐지되지 않고 눈으로도 볼 수 없는 투명우주선이다. 지금이라도 착륙하여 당신이 가지고 있는 청동기를 받아서 고향별로 귀환하겠다."

C 박사는 레이더에 잡히지 않는 스텔스 기술은 이해가 되나 인간의 눈에 보이지 않는 것은 쉽게 이해가 되지 않았다. 그는 궁금하여 결국 물어보기로 했다.

"인간의 눈에는 왜 보이지 않소?"

"간단하다. 우주선에 인간의 눈이 감지하는 진동수를 넘어서는 전자기 파동을 발생시키면 보이지 않게 된다. 쉽게 말하면 '우주선이 초당 1억 회 진동하면 보이지 않는다.'라는 논리이다. 우주선이 하나의 원자가 되어 진동하는 형식이다."

"잘 모르겠군…"

C 박사는 자신의 머리로는 이해하기 어렵다는 것을 알고 더 이상 묻지 않았다. 그러나 에모가 무려 120광년이나 떨어져 있는 R혹성으로 간다는 것이 도저히 이해가 되지 않아서 또 질문을 했다.

"마지막으로 떠나기 전에 물어봅시다. 120광년은 빛의 속도로 무려

120년을 달려야 도착하는 거리인데, 당신의 우주선은 광속으로 비행할 수 없지 않소?"

"광속으로 비행해도 120년이나 걸리고, 가는 도중 운석과 충돌하는 등 사고가 날 수 있지."

말을 마치고 에모는 잠시 천정을 바라보았다.

"우리 R혹성 연방 우주국에서는 그 문제를 극복하기 위해 수백 년간 세대를 이어가며 연구하였다. 그리고 개발한 기술이 바로 초공간진입 기술과 홀극자기장을 이용한 우주여행 기술이다."

"초공간? 홀극자기장?"

C 박사는 호기심이 들어 반문하였다.

"지구의 과학자들도 조금은 알고 있는 것들이다. 초공간은 5차원의 시공간이다. 이 5차원 공간에 당신들이 모르는 원소를 초고압 상태로 충돌시켜 공간을 확장시키는 기술이 사용되며, 그 결과 공간이 확장되어 초공간이 형성되면 우주에 존재하는 홀극자기장을 연결하고 우주선을 홀극자기장의 진행 방향으로 비행 시스템을 동기화(同期化)하여 비행 좌표를 설정한 다음 목적지로 가는 방식이다. 속도는 광속의 2,000배 정도이며 초공간을 초광속으로 비행하므로 시간이 흐르지 않는다. 공간을 이동한다기보다는 건너뛰는 방식으로 비행하는 것이지. 그 결과 불과 몇 시간 혹은 며칠, 길어야 몇 달 안에 행성 간 여행을 할 수 있다."

"굉장한 기술이구려."

"물론 현재 지구인의 기술 수준으로는 불가능하다. 그러나 언젠가는 실현될 것이다."

"그럼 홀극은 무엇이오?"

"자기장은 반드시 '+'와 '-'로 존재하고 있지. 그런데 홀극은 '-' 의 자기장만 있는 상태를 말한다. 우주에 있는 홀극자기장 통로에 진입하면 별도의 에너지 공급 없이 최소한의 동력으로도 수십, 수백 광년을 광속이나 그보다 더 빠른 속도로 우주공간을 여행할 수 있는 원리다. 지구인 중에 '폴 디랙'이라는 양자물리학자가 있었는데, 그는 1930년대에 이미 홀극 전자의 존재를 예상했다."

에모는 지구의 역사도 많이 알고 있었다.

C 박사는 알 것 같기도 하고 모를 것 같기도 해서 아무 말도 하지 않았다.

"이제 우주선을 가동하여 대기권에 진입하겠다."

"시간이 어느 정도 걸리오?"

"10분 정도다. 지금부터 10분간은 대기권 진입 시 발생하는 열로 인해 통신을 하지 못한다. 10분쯤 후에 당신 아파트의 베란다에서 창문을 열고 건네주기 바란다. 나는 지도를 받은 후 바로 떠나서 지구 상공을 1바퀴 선회한 후 초공간으로 진입해 홀극전자기 통로에 우주선을 띄우고 그 힘을 빌려서 R혹성, 내 고향별로 돌아간다."

"언제 다시 오시오?"

"오지 않는다. 금성으로 슈퍼다이아몬드를 찾으러 가야 하니까. 사실 내 임무는 메모리를 찾아서 R혹성으로 돌아가면 끝난다. 다른 명령은 나에게 프로그램되어 있지 않다."

C 박사는 에모의 운명이 너무 슬펐다. 에모는 고향별로 돌아가면 거기서 고철로 변할 것이란 사실을 모르고 있었다. 3,500년의 임무가 이제 며칠 뒤면 끝나는데, 그 결과 고철로 일생을 마친다니 기가 찰 노릇이었다.

어떻게 하면 이 친구를 도울 수 있을까 하고 C 박사는 오만가지 생각을 하기 시작했다.

그런 C 박사의 마음을 아는지 모르는지 에모가 먼저 말을 꺼냈다.

"나는 인공지능을 가진 로봇이지만 인간처럼 운명, 시간의 흐름, 죽음의 공포, 이런 것들은 전혀 입력되어 있지 않아 어떤 슬픔이나 고민 같은 것이 없다. 다만---."

에모는 잠시 말을 멈추었다가 다시 이어갔다.

"3,500년간 지구 상공에서 지구인의 생활을 보면서 사랑이라는 개념과 고통의 의미 등, 감정으로는 느끼지 못해도 수없는 반복 학습으로 조금은 이해하고 있다."

C 박사는 그냥 듣고만 있었다. 에모 역시 3,500년 간 지내왔던 지구와 이별하려니 아쉬운 것인가보다 하고 생각할 뿐이었다. 만난 지 불과 1시간도 안 되었지만 지구의 역사와 우주의 신비, 그리고 R혹성의 과학기술과 꿈같은 우주여행 방법, 게다가 막대한 보물이 묻힌 장소를 알려주어 엄청난 부자가 되도록 도와준 이 황당한 만남이 믿어지지 않았고, 또 갑작스럽게 이별을 하게 되니 뭐가 뭔지 알 수 없어 마음이 복잡하였다.

방 안을 비추던 영상이 꺼졌다. 이상한 침묵이 흘렀다. C 박사는 오늘 오후 벼락부자가 될 것이 예정되어 있다는 생각에 마치 다른 세상에 있는 것 같았다.

조금 있으니 귀속으로 말이 들렸다.

"청동기를 발코니로 가져오시오. 당신만 우주선을 볼 수 있도록 조정하였다."

그는 청동기를 들고 25층 아파트 전면 발코니로 걸어갔다. 거기엔 조그마한 우주선이 있었다.

높이는 3m 정도이고 직경은 6m 정도 되는 원반 형태의 우주선인데, 붉은빛이 주위에서 비추고 있고 유리창은 반투명하여 내부가 조금 보였다. 내부에는 많은 컴퓨터 불빛이 보였고, 스크린도 보였다. '아마 우주여행을 위한 첨단 장비이리라.'라고 C 박사는 생각하며 발코니 문을 열었다.

우주선의 앞쪽이 열리면서 에모가 모습을 보였다. 그는 회색빛 피부를 가진 30대 중반의 남자 인간 같은 모습을 하고 있으며, 키는 150㎝ 정도로 작은 편이었다. 얼굴 표정은 무표정하여 그가 어떤 심정인지는 잘 알 수가 없었다. 3,500년간을 지구 상공에서 살아온 그는 시간을 느낄 수 없고 언제나 오늘만 존재하는 기계라고 하였으나, 이 순간만큼은 꼭 사람 같았다.

C 박사는 청동기를 넘겨주었다.

"감사한다. 이 속에 있는 보물지도가 우리 R혹성을 구할 것이다."

"꼭 그렇게 되기를 바라오."

"이제 본국으로 귀환하겠다."

"조심해서 가시오. 그리고 우주선에서 이 메모지를 꼭 펴서 읽어보시고."

C 박사는 작은 메모지를 에모에게 건네주었다. 에모는 지구상에 있는 모든 국가의 문자와 언어를 해석할 수 있는 로봇이므로 메모지에 적힌 내용을 읽는 것은 아무런 문제도 되지 않았다.

"우주여행을 하는 중에 읽어 보겠다."

에모는 메모지를 우주복 주머니에 넣었다.

어느덧 해는 지고, 주변이 서서히 어두워지고 있었다. 주변의 아파트와 건물에서 불빛이 하나둘 보이면서 도시의 저녁이 펼쳐지고 있었다. 열렸던 우주선의 앞쪽이 서서히 닫히고 있었다.

이제는 에모의 모습만 보였다. 우주선의 붉은빛이 더욱 빛났다.

C 박사는 에모의 표정을 보았다. 그는 웃고 있었다. '실리콘으로 이루어진 그의 육체가 저렇게 웃을 수도 있구나.' 하고 C 박사는 생각했다.

우주선은 서서히 아파트 발코니에서 우주선이 멀어졌다. 그리고는 마을 위에 잠시 머물렀다.

에모의 우주선이 하늘로 향했다. 이내 속도가 증가하면서 붉은빛의 우주선은 사라졌다.

C 박사는 발코니에서 잠시 멍하니 서 있었다.

"아니, 당신 오늘은 왜 이래요?"

그의 부인 L 여사가 발코니를 향해 소리를 질렀다.

그는 번쩍 정신을 차리고 밤하늘을 다시 쳐다보았다.

언제 나왔는지 반달이 떠 있었다.

에모의 우주선은 지구를 벗어나서 초공간으로 무사히 진입하였고, 주변에 흐르는 홀극자기장에 우주선을 태워서 자신의 고향 제나 태양계로 좌표를 설정하였다.

제나 태양계에 진입하면 홀극자기장과 초공간에서 벗어나게 되고, 그곳에서부터는 우주선의 자체 동력으로 R혹성에 착륙하는 것이다. 그는 홀극자기장 비행을 하면서 C 박사의 메모를 꺼내서 읽어 보았다.

> 에모! 읽어보시오. 당신은 죽음을 모르지만 나는 압니다. 고향별 R 혹성에 도착하면 당신의 임무는 종료되오. 그렇게 되면 당신은 바로 해체되거나 퇴역하여 고철이 되겠지. 3,500년 만에 맞게 되는 '죽음'이라는 것이오.

에모는 무표정하게 초공간 속을 날아가면서 우주선 밖을 내다보았다. 그리고 다시 메모를 읽었다.

> 에모, 당신은 R혹성의 생존과 관련된 최고 비밀을 알고 있는 로봇이 므로 그곳 사람들은 당신을 매우 위험한 존재로 볼 수밖에 없소.

에모는 갑자기 어두운 표정을 지었다. 그는 나머지 글을 읽었다.

그러므로 도착하는 즉시 청동기의 메모리 장치를 인계하고 바로 우주선에 탑승해서 R혹성을 탈출해 내게로 돌아오시오. 내가 보호해주겠소.

에모는 뒤를 돌아보았다. 벌써 지구가 있는 태양계를 벗어나고 있었다. 그는 지구를 확대하여 바라보았다. 정말 아름다운 별, 지구였다. 그는 로봇답지 않게 눈물을 흘렸다.

에모의 우주선은 초공간 속에서 빛을 내며 그의 고향인 R혹성으로 날아가고 있었다.

예수의 비밀

지구: 서기 2012년.

예수는 창조주 하나님의 나라에서 대제사장의 지위에 있었다.

오늘은 창조주이신 하나님의 특별한 명령을 받기 위해 하나님의 궁전으로 나왔다.

예수는 궁전의 접견실 끝에서 멀리 옥좌에 앉아 계신 창조주를 바라보았다.

영원한 빛과 무궁한 진리가 감도는 창조주의 모습을 보고 그는 궁전 바닥에 엎드렸다.

"일어나라, 예수."

예수는 천천히 일어나서 "창조주 하나님, 말씀하소서." 하며 고개를 숙였다.

"지금 바로 지구를 찾아가서 완전히 파괴하고 돌아오라."

예수는 갑작스런 명령에 큰 충격을 받았다.

"하나님, 무슨 말씀이시온지요?"

창조주 하나님은 예수의 질문에 아무런 말씀이 없으셨다.

예수는 가만히 서 있었다. 주변의 천사들도 숨을 죽이고 조용히 있었다.

그때 천국의 집정관인 '알퍼스'가 예수의 옆으로 다가와 귓속말을 하였다.

"창조주께서 마음이 괴로우시니 묻지 마시고 지금 떠나세요. 우주선에 탑승하여 명령문을 보시면 아실 수 있습니다."

예수는 창조주께 고개 숙여 인사하고 자동으로 운행되는 승용차를 타고 천국의 우주공항 게이트로 날아갔다.

천국의 우주공항에는 우주의 끝에서 끝까지, 또 영원의 심연까지 여행할 수 있는 전용 우주선이 준비되어 있었다. 이 우주선은 창조 에너지로 운행되며, 자체적으로 하나님의 권능을 나타내는 살아있는 영적 파동체로서 무한의 능력을 가진 우주선이다.

예수는 우주선 관리자의 도움으로 우주선 알파-7호에 탑승하였다. 알파-7호 우주선에는 천국에서 제작한 사이보그 승무원 둘이 미리 탑승하여 대기하고 있었다.

알파-7호

"어서 오십시오 예수님!"

그들이 반갑게 맞이하였다.

예수는 조종석에 앉았다.

우주여행용 슈퍼컴퓨터가 작동하였다.

"출발합니다. 목적지는 186억 5천만 광년 저쪽의 제7 태양계, 그곳에서도 3번째 행성인 지구입니다."

슈퍼컴퓨터 '로니'가 예수에게 여행 일정을 알려주었다.

예수는 너무나 심정이 착잡하였다. 지구를 파괴하라니. 너무 엄청난 임무이고 그 이유를 알 수 없었다. 2,000년 전 자신은 지구 인류의 영적 구원을 위한 사명을 마치고 하나님의 나라인 천국으로 와 대제사장의 임무를 수행했다. 그동안 많은 사명을 감당했고, 보람과 축복의 나날을 보내고 있었다. 그런데 오늘 갑자기 지구 파괴 임무를 받은 것이다.

예수는 창조주의 결정을 이해할 수 없었고, 너무 충격적이라 머릿속이 복잡하였다.

"우주선을 발진시켜라."

예수는 슈퍼컴퓨터 로니에게 명령하였다.

예수를 태운 우주선 알파-7호는 천국의 중앙우주센터에서 가볍게 이륙하여 천국의 하늘로 순식간에 떠올랐다.

"차원 이동 모드로 변환합니다."

명랑하고 또렷한 목소리로 사이보그 2인이 보고를 하였다. 천국은 24차원의 마지막 우주공간에 위치하여 어떤 우주선이나 영적 존재도 창조주의 섭리에 의해 돌파할 수 없도록 되어 있었다. 그러므로 일반 우주로 나가기 위해서는 일차적으로 24차원을 이동해 4차원의 시공간으로 이동해야 하며, 그때부터 일반 우주의 은하계들을 방문할 수 있었다. 물론 24차원의 공간 이동은 창조주의 승낙 하에서만 가능하다. 창조주의 권능은 무궁하며 영원하기 때문이다.

"차원 이동이 승인되었습니다."

로니가 명랑한 목소리로 보고하였다.

"차원 이동을 실시하라!"

예수가 명령하였다. 곧바로 차원 이동이 시작되었다.

우주선 외부로 푸른빛이 방사되면서 수억 개의 공간이 스쳐 지나가고, 어둠과 안개와 번개가 스치면서 어둠 속에서 찬란한 빛이 폭발했다. 그 순간, 예수가 탄 우주선은 보통 우주로 나왔다.

지구가 속한 우리은하의 태양계였다. 순식간에 186억 5천만 광년을 통과한 것이다.

"지구를 향해 광속으로 운행하라. 도착시간을 보고하라."

예수는 사명을 완수하기 위하여 조종석에서 사이보그 수행원과 슈퍼컴퓨터에게 지시하였다. 그러나 그의 표정은 너무나 어두웠다.

예수의 마음을 알 수 없는 슈퍼컴퓨터 로니는 매우 즐거운 목소리로 대답하였다.

"현재 광속 운행 중이며 지구에 도착하는 시간은 약 8시간 후입니다."

예수는 말없이 스크린에 비치는 지구를 바라보았다.

"대제사장님, 저희는 이번 임무를 돕기 위하여 탑승한 사이보그 '알루'와 '알토'입니다. 무슨 일이든 필요하면 말씀하십시오."

갑자기 임무를 받고 급하게 천국을 떠나오면서 예수나 사이보그 수행원도 서로 대화를 나눌 시간이 없었다. 이제야 8시간이라는 시간이 생겨서 비로소 대화를 나눌 수 있었다.

"그런가?"

예수도 이제야 그들의 말을 듣는 여유가 생겼다.

알루와 알토는 비슷하게 생겼으나 알루가 키가 조금 더 크고 금발의 머리카락을 지녔으며 조금 더 상급자로 보였다. 반면 알토는 머리카락이 은발이고 키는 조금 작으며 눈이 비교적 큰 편이었다. 덕분에 두 사이보그를 그런대로 구분할 수가 있었다.

그들은 창조주의 창조 능력으로 천사가 창조한 로봇이므로 기계이기는 하나 인간처럼 생각하고 행동을 하는, 인간과 기계의 중간쯤 되는 생명체였다. 그러므로 우주여행 중 위험한 임무나 작업도 맡길 수 있으며, 파괴되어도 부담이 적은 소모성 창조물체이다.

"예수님, 이번 임무에 대한 문서입니다. 읽어보십시오."

알루가 곁에 와서 조용히 말하였다. 그러고 보니 이제야 창조주 하나님의 명령을 제대로 확인할 수 있었다.

"로니, 창조주 하나님의 명령문을 보여라."

"알겠습니다."

슈퍼컴퓨터 로니의 화면에 하나님의 절대적인 명령이 떠올랐다.

예수, 나의 사랑하는 대제사장이여! 지구는 2,000년 전 네가 십자가

에서 죽음으로써 죄악의 소멸과 영적 진화의 축복을 받았다. 그 특별한 은혜와 축복으로 지구에 사랑이 충만할 것으로 생각하고 지켜보았으나, 영혼의 구원과 사랑의 실천은 너무나 미약하고 오히려 더욱 탐욕과 죄악에 빠져들어 많은 인류가 질병, 전쟁, 기아에 고통받고 있다. 거기에 더하여 행성 지구의 환경오염이 심각하여 그 영향으로 부정적인 생명 파동이 주변 우주공간에 전파되어 다른 행성도 영향을 받아 은하계의 생존권마저 위협 받고 있는 실정이다.

창조주의 말씀이 천천히 흘러나오며 영광스러운 빛과 함께 홀로그램 화면에 비치고 있었다. 예수와 함께 알루와 알토도 화면을 보고 있었다.

그동안 지구의 역사는 살육, 파괴, 전쟁, 억압, 질병, 기아 등으로 점철되었고, 수많은 선량한 사람을 권력자들이 죽였으며, 심지어 너를 믿고 따르는 자들도 자신의 교리에 맞지 않는다고 고문하고 죽였다. 타인을 이교도로 몰거나 이단이라 부르거나 마녀라는 누명을 씌워서 죽였으며, 무수한 전쟁을 일으켜서 죽음과 공포로 지구를 불행하게 만들었다. 종교는 사랑과 인류애 대신 독선과 아집으로 가득 차 반대파를 무참히 죽이는 만행을 저질렀다.

컴퓨터 화면에는 예수의 수난과 부활 이후로 전개되는 지구의 역사를 보여주었다. 부당한 권력 행사와 사악한 종교로 인해 죽어가는 인간의 원한과 고통이 보였으며, 전쟁의 참화로 수많은 인류가 사망하는 모습, 계속되는 기아에 허덕이는 모습과 온갖 질병에 고통받는 인간들의 모습이 흘러나왔다.

인간의 탐욕이 끝이 없어서 바다, 공기, 물, 토양, 하늘 등 모든 창조 공간이 오염되고 황폐해져 행성 지구로 인해 다른 우주의 생명체가 위협받는 지경에 이르렀다.

화면에는 석유 자원의 개발로 바다가 오염되는 모습과 핵발전 및 핵실험으로 인한 방사능 오염, 그리고 수많은 공장과 도시로 인해 썩어가는 강물의 모습, 오염으로 인해 죽어가는 넓은 대지가 보였으며, 대기오염으로 지구의 대기권이 파괴되어 오존층이 없어지는 비극이 전개되고 있었다.

사랑하는 나의 대제사장 예수여, 지구에 도착하는 대로 소멸의 불덩이를 던져서 모두 태워 없애야 한다. 그래야만 더 이상 선량한 인간의 고통이 없으며, 탐욕으로 지구가 오염되는 일이 없어질 것이다.
앞으로 1억 년 동안 지구는 정화되는 시간을 거치고 깨끗해질 것이며, 그 후 신인류라는 창조물을 만들어 다시 번성하도록 해야 할 것이다.

이제 컴퓨터 스크린에는 불바다가 된 지구의 모습이 보이고 있었다. 그 뒤로 완전히 불타버리고 난 뒤 지구가 천천히 오염에서 벗어나서 1억 년간 정화되는 단계가 비치고 있었다.

지구가 불덩이로 불태워질 때, 창조주가 택한 선량한 백성들은 영혼이동을 통해 모두 구원을 받고 천국의 낙원에 도착하여 살게 될 것이다.
악인들은 10일 동안 불타는 불길 속에서 한 사람도 남김없이 영원히 소멸하는 징벌을 받게 된다.

예수는 지난 2,000년간의 지구 역사가 너무 처절한 것에 충격을 받았다. 특히 사랑과 공의를 먼저 실천해야 할 지구상의 종교가 전쟁과 살육에 앞장서고 있었다는 사실에 너무나도 크게 실망했다.

그동안 예수는 다른 은하계를 주로 담당하여 지구가 속한 우리은하와 태양계는 그저 잘 살아가고 있는 것으로 알고 별다른 걱정을 하지 않았다. 자신이 십자가에서 인류의 죄악을 대속하고 모든 과거의 잘못된 율법을 고쳤고, 새로이 믿음과 사랑의 실천으로 구원받는다는 너무나 쉬운 진리를 전하고 왔기에 조금도 걱정을 하지 않고 지내왔던 것이다.

그렇게 다른 은하계를 담당하던 그는 천국의 대제사장이 되었고, 그 결과 우주의 다른 은하계를 맡아서 진리와 사랑을 전해야만 했다. 그래서 수십억 광년이나 떨어진 지구를 생각할 여유가 없었던 것이다.

창조주의 명을 받잡은 예수는 참으로 괴롭고 참담하였다. 자신이 그렇게 사랑하였고, 진리와 사랑을 전하고 죽음의 고통을 스스로 감내하면서까지 사랑했던 지구의 인류가 그동안 불행한 역사를 반복하며 악한 영의 지배를 받은 채 살아왔다는 사실에 마음이 아파서 견디기 힘들었다. 다수의 선량한 인간이 얼마나 많은 고난을 받았는가 생각하니 너무 슬프고 괴로웠다.

예수여, 너의 임무를 수행하고 돌아오라.

인류가 저지른 죄악을 모두 보여주시고, 파괴 후 지구가 회복하는 모습을 보이신 창조주 하나님은 3차원 입체 홀로그램 영상에서 그렇게 말씀하시고 영상을 끝내셨다.

"천왕성 궤도에 진입하였습니다."

로니가 비행경로를 보고하였다.

창조주의 메시지를 받는 동안 벌써 명왕성을 지나고 해왕성을 통과하여 천왕성의 궤도에 진입한 것이다. 이제 토성, 목성, 화성을 지나면 지구이다.

예수는 너무나 고통스러웠다. 하나님의 명령대로 82억 인류가 살고 있는 지구를 불태워야만 하는 것이다. 비록 선(善)한 자는 구원을 받는다고 하나, 나머지 수십억 인류는 죄를 짊어지고 불길 속에서 파멸을 맞아야 한다. 그들의 비명과 고통과 신음소리가 귓가에 쟁쟁하게 울렸다. 너무나 고통스러운 임무요, 사명이었다.

지구의 역사 초기에 소돔과 고모라가 불타는 벌을 받은 적이 있었지만, 지금 예수가 겪는 고통에 비할 바는 아니었다.

"아아 하나님, 저에게 어찌 이런 고통을 주시나이까."

예수는 울고 있었다.

"대제사장님! 이제 목성 궤도에 진입합니다."

예수의 고뇌를 모르는 로니는 우주선이 벌써 목성 궤도에 근접했음을 보고했다.

예수의 우주선은 태양계를 가로질러 광속으로 비행하고 있었고, 지구는 점점 가까워지는 중이었다. 예수는 더욱 큰 정신적 고통을 받게 되었다.

"이제 지구까지 조금 남았습니다. 지금부터는 광속 비행을 중지하고 시속 100만 마일의 순항 속도로 비행합니다."

예수의 우주선은 이제 초속 30만 ㎞의 광속 비행을 중단하고 지구와 주변 행성들을 보면서 천천히 비행하였다.

"현재 속도로 비행하면 지구 도착까지 20시간 정도 소요됩니다."

예수는 지구를 확대하여 들여다보았다.

지구에서 방출되는 TV 전파, 핸드폰 통신, 전화, 팩스, 인터넷, 인공위

성, 라디오파 등 모든 지구 인류의 통신을 살펴보았다. 문화, 예술, 역사, 정치, 종교, 전쟁, 범죄, 질병, 기아, 빈부격차 같은 모든 문제를 슈퍼컴퓨터 로이의 도움을 받아 모두 편집하여 정리하도록 지시했다. 그리고 알루와 알토에게는 지구상의 모든 기아 문제에 대하여 분석하도록 했다. 창조주 하나님께서 파괴를 명령하실 정도로 지구의 인류에게 문제가 있는지 알고자 하였다.

"남은 시간은 약 20시간이다. 그동안 두 사람은 모든 자료를 완벽히 정리하여 나에게 올리도록 한다."

"예, 대제사장님."

알루와 알토는 바로 자료 분석에 돌입하였다.

잠시 후 알루가 슈퍼컴퓨터 로니의 4차원 영상으로 예수가 명령한 내용을 보고하였다. 입체 영상이 우주선 내부에 가득 차고, 로니의 간결한 설명이 전개되었다.

　　　매일 식사를 못하는 기아 문제로 3,000여 명이 굶어 죽고 있습니다.

　　　매일 빈곤, 억압, 학대 등으로 4,000여 명이 자살하고 있습니다.

　　　매일 가난을 이유로 질병 치료를 받지 못하여 3,000명이 죽고 있습니다.

　　　매일 불필요한 전쟁으로 2,000명이 죽고 있습니다.

　　　매일 환경오염으로 지구의 대기와 토양은---

"그만하라."

예수는 알루의 보고를 중지시켰다.

그는 도저히 이해를 할 수 없었다. 자신이 가르치고 구원한 지구의 인류가 어째서 서로 돕지 않고 불행을 치유하지 않는 것인지. 예수로서는 도저히 이해할 수가 없었다.

예수가 탑승한 우주선 알파-7호는 화성을 통과하고 있었다.

"예수님, 달 기지로부터 통신이 들어왔습니다."

"연결하라."

예수는 비통한 심정으로 명령하였다.

"여기는 달 후면에 있는 '지구 감시 통신 센터'입니다."

낭랑한 목소리가 우주선 실내에 퍼졌다.

"보고하라."

예수는 계속 우주선 창밖의 지구를 바라보면서 말하였다.

"지구에서 구원할 1억 2천만 명의 영혼체를 운반할 우주선을 달의 궤도에 진입시켰습니다."

"대기하라."

예수는 너무 답답하였다.

달에 있는 지구 감시 통신 센터는 모든 것이 창조주의 권능으로 운행되는 초과학적인 감시센터로, 그동안 지구에서 죽음을 맞이하는 선한 영혼을 태워 천국에 계신 창조주께 데려가는 임무를 수행하고 있었다. 지구가 멸망할 때 구원받을 영혼을 태우고 창조주께 돌아가는 이번 임무를 마지막으로 그들의 임무는 종결되는 것이다.

구원받은 인간은 육신을 가진 채 우주선에 태워지는 것이 아니라 파동 형태로, 일종의 영혼체로 우주선에 탑승하게 된다. 인간의 모습을 유지하고는 있지만 물질이 아닌 빛의 집합체인 것이다.

컴퓨터 화면에는 달의 궤도에서 대기하고 있는 영혼체 수송 우주선이 비치고 있었다. 거대한 시거 형태의 우주선은 길이는 10㎞, 폭 7㎞, 높이 5㎞ 정도의 크기를 지니고 있었다. 우주선은 수백 가지의 빛을 발하고 있었는데, 너무나 아름다워서 눈이 부셨다.

그동안 지구에서 활동할 때는 소형 비행정으로 하였고, 모선은 태양계 전체를 담당하는 본부 역할을 하였다. 모선과 소형 비행정 모두 지성을 갖춘 영적 존재이므로 오차나 실수는 전혀 없는 것이다.

서서히 지구멸망의 시간이 다가오고 있었다.

"예수님, 지구 궤도에 도착하였습니다."

예수는 깜짝 놀라면서 컴퓨터를 돌아보았다. 지구는 캄캄한 우주의 어둠 속에서 아름다운 푸른빛을 발하고 있었다.

"지구 정지 궤도에서 명령을 기다리겠습니다."

슈퍼컴퓨터 로니가 보고를 하였다.

알루와 알토가 예수의 곁으로 다가오면서 말했다.

"이제 자동으로 슈퍼컴퓨터 로니가 열화 핵탄두를 장착합니다. 대제사 장님의 명령만 떨어지면 먼저 30초 동안 1억 2천만 명의 영혼을 영체 송신해서 달 궤도에 대기하고 있는 수송 우주선에 태우고 그들을 천국으로 보냅니다."

"그리고 순서에 따라 열화 핵탄두를 발사합니다. 핵탄두는 지구상에서 10일간 3,000℃의 고열을 발생시켜 지상과 지하에 있는 모든 생명체를 멸절시킵니다."

예수는 말이 없었다.

"열화 핵탄두 장착을 완료하였습니다."

로니가 보고를 하였다.

"아…!"

예수는 극심한 정신적 고통에 우주선 조종석 위로 엎드렸다.

"창조주이신 나의 하나님, 지금 저는 어떻게 해야 합니까?"

그가 그토록 사랑했던 지구의 인간들은 죄를 지어 창조주의 노여움을 사 멸망하게 되었다. 하지만 예수의 마음속에서 2,000년 전의 사랑이 다시금 떠올라 걷잡을 수 없을 만큼 고통스러웠다.

그의 비통한 마음은 피가 되어 눈에서 흘러내렸다.

"대제사장님! 발사 명령을 내려야 합니다."

알루와 알토가 독촉을 하였다.

"영혼체 수송선은 명령을 기다립니다."

달의 궤도에서 대기하고 있는 대형 영혼체 수송 우주선도 명령을 촉구하였다.

"발사 명령을 내리지 않으시면 프로그램에 따라 저희가 코드를 입력합니다."

알루와 알토가 자기들이 발사 코드를 입력하겠다고 독촉하니 예수는 더욱 미칠 것 같았다. 천국에서도 간혹 착오가 존재하기 마련이라, 대제사장이 발사 명령을 못 내리는 경우를 보조하기 위한 수단이 있다. 이번에는 예수를 수행하기 위해 따라온 알루와 알토가 발사 코드를 대신 입력할 수 있는 것이다.

예수는 창조주 하나님이 원망스러웠다.

왜 지구를 파괴하는 임무를 자신에게 내렸는지 알 수 없었다. 너무 억울하고 고통스러워서 그는 천국의 대제사장이라는 위치도 잊고 창조주를 원망하였다.

"대제사장님, 저희가 발사 코드를 입력하겠습니다."

알루가 그렇게 말하면서 자신의 왼쪽 팔을 열었다. 그곳에는 최첨단

컴퓨터가 내장되어 있었으며, 코드를 입력할 수 있는 모듈이 가동되고 있었다.

알루는 첫 번째 번호를 눌렀다. 그 순간 슈퍼컴퓨터 로니의 모든 기능이 열화 핵탄두 발사 모드로 변환되면서 카운트다운에 돌입하였다.

"발사 명령 입력 중."

로니는 낭랑한 목소리로 지시에 대답하였다.

달의 궤도에서 대기하고 있던 영혼체 수송선도 활동을 시작하였다.

"지구 구조 명단 확인 착수. DNA 대조 확인 종료. 파동 에너지 방사."

수송선에서 일어나는 일도 예수가 탑승하고 있는 우주선 알파-7호로 보고되었다.

이제 예수는 모든 것을 포기하고 지켜보는 수밖에 없는 비참한 신세가 되었다.

하지만 그 순간.

예수는 창조주를 잊기로 작정했다. 창조주의 명을 거역한 탓에 자신이 어떤 처벌을 받는다고 하더라도 지구의 인간들을 죽게 내버려 둘 수 없다고 생각했다. 예수는 급히 자신만이 알고 있는 알루의 기능 중지 프로그램을 작동시키려고 비상용 컴퓨터를 열었다.

"발사 20초 전."

우주선의 발사관이 열리는 모습이 창밖으로 보였다. 예수는 손을 떨면서도 비밀 회로를 찾아서 알루의 기능을 중지시키는 프로그램을 작동시켰다.

갑자기 알루의 눈이 고열로 터지면서 코드 입력 계기판을 볼 수 없게 되었다. 그러나 알루는 눈이 없어도 입력된 프로그램대로 코드 입력을 계속했다. 그 모습을 본 예수는 숨이 막히는 것을 느끼면서도 다시 가동 중지 프로그램을 입력하였다.

그 순간 알루가 폭발하면서 우주선 내부가 불길에 휩싸였다. 예수는 불길 속에서 얼굴과 어깨에 화상을 입었다. 우주선 내부에 치솟은 불길은 순식간에 자동으로 진화되었고, 예수는 절대적인 위기 순간을 넘기게 되었다.

"발사 명령 취소. 대기한다."

예수는 급히 로니에게 명령하였다.

"예, 알겠습니다. 발사 명령을 취소합니다. 영혼 수송선도 물질교환 양자에너지 방출을 중지합니다."

모든 발사 시스템이 정지되었다.

그 순간 갑자기 알토가 예수에게 전자빔을 발사하였다. 자신의 오른팔에 부착된 우주선 수리용 전자빔 장치를 살상용으로 사용한 것이다. 천국의 우주선에서는 결코 있을 수 없는 일이었다.

"창조주 하나님의 명령을 거역한 대제사장을 막는 것이 제 임무입니다."

그 공격으로 예수는 가슴에 치명상을 입었다. 붉은 피가 쏟아졌다. 예수는 조종석 옆으로 쓰러졌다.

알토는 로니의 계기판을 다시 조종하기 시작했다. 로니는 알토의 명령을 이행할 수밖에 없었다.

다시금 모니터에 발사 모드로 전환한다는 화면이 떠올랐다.

예수는 희미한 의식 속에서 컴퓨터 화면을 지켜보았다. 그리고 간신히 쥐어짜낸 목소리로 로니에게 명령을 내렸다.

"로니에게 명령한다. 알토는 내 명령을 무시하고 우주선을 조작하고 있다. 그를 쓰러뜨려라."

로니는 대제사장의 명령을 최우선적으로 수행하도록 설계되어 있었다. 그래서 로니는 양성자 충격에너지를 알토에게 발사했다. 번쩍하면서 양성자 빔이 알토의 머리와 심장을 때렸다. 그렇게 알토는 파괴되었다.

예수는 우주선 바닥으로 넘겨졌다. 그리고 죽을힘을 다하여 슈퍼컴퓨터 로니에게 명령을 내렸다.

"모든 지구 파괴 프로그램은 중지한다."

그 명령을 들은 로니가 모든 우주선 시스템에 지시를 내렸다.

"지구 파괴 프로그램을 중지합니다."

주변의 보조컴퓨터가 대답하였다.

"지구 파괴 프로그램 중지."

예수는 조금씩 의식을 되찾고 있었다. 상처 역시 급속도로 회복되고 있었다.

천국의 대제사장인 그이기에 이 정도 상처는 창조력으로 회복할 수 있었다. 사람이라면 죽을 수밖에 없는 치명상이었음에도.

그 사이 로봇들이 우주선 내부를 돌아다니며 파괴된 알루와 알토를 치우고, 화재로 손상된 부분을 신속하게 수리했다. 우주선 내부는 아무 일도 없었던 것처럼 깨끗해졌다.

"영혼 수송선은 달의 뒷면으로 귀환하여 평소처럼 임무를 수행한다."

예수는 영혼 수송선에 귀환하라고 명령을 내렸다.

"로니, 지구의 상황은 어떤가?"

"예, 지구에서는 '소행성이 궤도에 나타났다.'라든가 '달의 주변에 UFO가 나타났다.'라며 소동이 일어나고 있습니다."

"로니, 이제 창조주가 계신 곳으로 귀환한다."

"차원 이동을 하겠습니다."

"그래. 차원 이동을 명령한다."

"예, 알겠습니다."

대제사장 예수의 우주선은 서서히 광채에 휩싸였다.

그리고 24차원의 공간이동이 시작되었다. 어둠과 안개를 지나고, 번개를 치는 곳과 찬란한 무지개의 바다를 지나 186억 5천만 광년을 이동해 창조주가 있는 천국에 도착하였다.

천국의 우주선 공항에는 이미 천국의 질서위원회가 출동해 있었다. 그들은 예수를 체포할 준비를 하고 있었다.

창조주 하나님의 명령을 거역한 예수는 공항에서 체포되었다. 그리고 천국의 법정에 회부되었다.

천국의 질서를 담당하는 검찰 천사가 죄상을 낭독하자 12인의 천국의 심판위원들이 의견을 말하였다.

모두 하나같이 유죄를 선언했다.

> 대제사장 예수는 창조주 하나님의 지구 파괴 명령을 거부하였다. 지하 1만 미터에 있는 감옥에서 천 년 동안 밖으로 나오지 못하며 면회도 할 수 없다.

모두 가혹한 형량에 안타까워하였다.

천국의 심판위원들은 지구 파괴를 1,000년 연기하기로 결정했다.

창조주 하나님은 아무 말씀이 없으셨다.

예수는 법정에서 나오면서 창조주를 뵙고 바닥에 엎드려 마지막 인사를 하였다.

그래도 창조주 하나님은 아무런 말씀이 없으셨다.

예수는 지하 감옥으로 들어갔다. 그의 표정은 너무나 평안하였고 발걸

음은 가벼웠다.

　그는 창조주 하나님께 기도하였다.

　"창조주 하나님. 처음에는 저를 보낸 것을 원망하였지만, 깊은 사랑을 감사히 여기고 고난을 즐거이 받아들입니다. 아멘."